人生从容

贾平凹
著

长江出版传媒 | 长江文艺出版社

图书在版编目（CIP）数据
人生从容 / 贾平凹著. -- 武汉 : 长江文艺出版社,
2023.4
ISBN 978-7-5702-3048-8

Ⅰ.①人… Ⅱ.①贾… Ⅲ.①散文集－中国－当代
Ⅳ. ①I267

中国国家版本馆CIP数据核字(2023)第053629号

人生从容
RENSHENG CONGRONG

责任编辑：栾　喜　　　　责任校对：韩　雨
封面设计：时代华语设计部　　　　责任印制：张　涛

出版：长江出版传媒｜长江文艺出版社
地址：武汉市雄楚大街 268 号　　　　邮编：430070
发行：长江文艺出版社
北京时代华语国际传媒股份有限公司　（电话：010-83670231）
http：//www.cjlap.com
印刷：北京盛通印刷股份有限公司

开本：880毫米 × 1230毫米　1/32　　　印张：7.5
版次：2023 年4月第1版　　　　2023年4月第1次印刷
字数：150千字

定价：48.00 元

从容是真，宽释是福；

有敬无畏，乐以忘忧。

目录

壹
从容穿过世间

养鼠 · 002

说话 · 009

十一封信 · 012

访兰 · 019

上帝的微笑 · 022

小楚 · 024

招牌 · 026

钓者 · 029

贰

山水间得自在

进山东 · 038

松云寺 · 044

药王堂 · 046

当我路过这段石滩 · 048

云塔山 · 052

一个有月亮的渡口 · 054

在二郎镇 · 062

忙人——游青城山 · 069

走三边 · 072

我的故乡是商洛 · 086

叁

处烦嚣而自立

佛事 · 092

蛙事 · 097

藏者 · 100

秃顶 · 103

治病救人 · 107

五十大话 · 111

从棣花到西安 · 116

六十岁后观我记 · 121

人和书都有自己的命运 · 124

我的台阶和台阶上的我 · 127

肆
修一颗柔软心

空谷箫人 · 144

手术 · 150

棣花 · 153

缘分 · 160

等待 · 166

两代人 · 168

佳人 · 171

哭三毛 · 173

老木的故事 · 178

静 · 180

伍
万物静观皆自得

土彩罐 · 186

记五块藏石 · 188

拴马桩 · 191

佛像 · 197

壁画 · 199

陶俑 · 203

残佛 · 209

二胡 · 213

风筝 · 218

茶杯 · 226

壹

从容穿过世间

养鼠

买了十三楼的一个单元房做书房，以为街道的尘灰不得上来，蚊子不得上来，却没想到上来了老鼠。老鼠是怎么上来的，或许是从楼梯，一层一层跑上来，或许沿着楼外的那些管道，很危险地爬上来。可以肯定的这只是一个老鼠，因为我见过一次，是那天早上一开门，它正立在客厅，猛地门响，似乎吓了一跳，跌坐在地上，便立即翻起身钻到另一个房间去了。我的朋友来我处借书的时候也见过一次，它站在那个古董架上洗脸，一闪就不见了。它是一拃多长，皮毛淡黄，尖嘴长尾，眼睛漂亮。老鼠之所以叫老鼠，生下来就长胡子，但它仍是个幼年的老鼠。书房里突然有了老鼠，我得赶紧检查房子的漏洞，我是从来不开窗子的，进门也是顺手关门，我发现柜式空调的下水管那儿有个空隙，便把它堵严了。老鼠如同麻雀一样，离不开人，要在屋檐下筑窝，但又不亲近人，人一靠近就飞了。老鼠和我仅打过一次照面，至后再没有见过，而我不愿意它留在书房。要把老鼠捉住或撵走，到处堆满书籍报刊和收集来的古董玩物，清理起来十分困难，这就无法捉住和撵走。也买了鼠药放在墙角，它根本不吃，又买了好几块粘鼠板摆在各处，它仍不靠近。反倒是我有一次不经意踩上了一脚，鞋子半天拔不下来。书房唯一出口就是大门，晚上开了门让它走吧。可在城市的公寓楼上，晚上怎敢大门不关呢？何况这还可能有另外的老鼠进来。那怎么办？既然无法捉它和撵它，它又无法自己出去，毕竟是一条生命，那就养吧。一养便养过了四年，我还在养着。

养老鼠其实不费劲，给它提供食物就是。我的书房离我居住的家较远，我是每天早上来到书房，晚上了再回到家去。第一次我在晚上离开书房时，将一块馒头放在一块干净的秦砖上，第二天早上再来时，那馒头就不见了。但当天晚上没有了馒头，把剩下的面条放在那儿，早上再来时，面条竟然完好无缺。我以为它是从什么地方出去了，或者是死了，就又在离开时放上馒头，以测试我的猜想。可隔了一夜，却发现馒头又没了。我这才知道它是不吃面条的。以后的日子，我没有给它留剩饭，常在冰箱里备有二三个馒头。数月后，到了秋天，楼下的馒头店搬走了，没有了馒头，我就放了花生，有生花生和油炸过的花生，但它好像仅吃个二三粒就不吃了。以为松鼠是吃松子的，松鼠和老鼠应该是同一类，我在超市里发现了有卖松子的，买了一包，回书房放了，还说：给你过个生日。可是它也不吃松子。我就有些生气了，什么嘴呀，这么挑食？！朋友请吃饭，剩下的鱼呀，排骨呀，油饼、锅盔和饺子拿回来，全给它放了，它只吃锅盔。馒头和锅盔放得干了硬了，它也不吃。有一次我给我买了晚饭，剩下一根火腿肠，晚上放给它了；那么长的一根火腿肠，它竟吃得一点渣屑都不剩。原来它可以吃肉的，不要带骨头的那种。我每次外出吃饭，便给它带些剩肉，它却又不吃了。丸子不吃，糯米团不吃，方便面不吃，核桃仁葡萄干不吃，豆腐吃过一次，再放就再不吃了。那它还吃什么呢？我想想有一首歌：我爱你，爱着你，就像老鼠爱大米。抓了一把米放在那里，结果它根本不吃。我看过漫画，老鼠是偷油的，也会抱着拿鸡蛋的，就在碟子里放菜油，它没有吃；放过一颗鸡蛋，它也没有动。而朋友送来的水果，比如梅子、苹果、梨、香蕉、猕猴桃，它只吃香蕉和猕猴桃，但也是在香蕉和猕猴桃上咂出一个小洞，吃了一点就是了。它还是喜欢吃馒头和锅盔，我就笑了，陕西人爱吃这些，它也真是陕西的老鼠。有时也冒出一个想法，这老鼠咋和我的饮食习惯差不多：不要求多豪华，但一定要讲究，太软的馒头和锅盔不吃，太硬的馒头和锅盔不吃，锅盔不吃边楞儿，馒头不吃皮儿。

我的书房里拥挤不堪，但还乱中有序，除了几十个书架，这儿一摞书籍，那儿一堆报刊；再就是那些偶像，佛教的，道教的，儒教的；更多的是秦汉唐的陶器、木刻、石雕，石雕又是什么动物的人物的都有，我每次进去，肯定要焚香的，让诸神的法力充满；要离开了，就拍着那只大石狮，它是人面狮身的瑞兽，给咱守护好呀！然后再高声对老鼠说：馒头节省着吃，渴了不要喝佛前的净水，给你喝的在盒子里。我到了外边，尤其是晚上，想着那么大的房间里，堆放了那么多东西；那些东西都是不动的，只有老鼠在其中穿行，如同巡夜一般，心里便充满了乐意。

但我仍是给老鼠发过两次火。一次我翻捡那些汉唐石碑的拓片，发现有三四张被咬破了。我勃然大怒，骂道：老鼠，你听着，你竟敢咬我拓片？我警告你，如果再敢咬书咬纸，我彻底清理房间也要把你打死。从此，再没有发现它咬碎过什么。另一次，我在擦拭客房中堂的案桌，案桌上供奉着唐时的一尊铜佛和文殊普贤两位菩萨的石像，竟然有了老鼠的屎粒和尿渍，我再一次火冒三丈，大声警告：你去死吧，老鼠！去死吧！明天我抱一只猫来！但当我去市场买猫的时候，主意又变了，何必要它的性命呢，返回来给佛上了香，又供了水果和鲜花，我听见在什么地方响了一下，我猜想那肯定是老鼠在暗处要我。我没有回头，只说了一句：你记着！

朋友们知道我在书房里养着老鼠，都取笑我，作践我。我说：这是一只听话的老鼠，他们说：听话？该不会说这是一只有文化的老鼠吧。我脸上发烧，说：它进来了，不得出去，我能不养吗？或许是一种缘吧。

和老鼠能有什么缘呢？我的小女儿是属老鼠的，我的一些朋友也是属老鼠的；小女儿的到来和朋友的交集，那都是上天的分配，或者说磁铁吸的就是螺丝帽儿和钉子啊。小女儿让我有操不尽的心，朋友中有帮助过我的也有坑害过我的，但你能刀割水洗了小女儿和朋友吗？世界上有那么多的老鼠，为什么偏就是这一只老鼠进了我的书房？它从地面到十三楼，容易吗？它是冲着书籍来的，冲着古董玩物来的？那它真是有文化的老鼠了。如果它没有文化，那四年了，它白天里要看我读书写作，听着我和朋友们说文论艺，晚上又和书籍古玩在一起，它也该有些文化了吧。

所以我觉得我养了老鼠并不丢人，也不是无聊。四年里我没有加害它，也没有让它受饿；我没有奴役它，也没有从它那儿博取什么快活。它好像能知冷知热，我曾见它蜕下的毛，也似乎没生过病。它除了那两次犯错后来再没有咬噬过什么，也不再到有佛像的条案和架子上去。我们互不见面，我就是每天放食或隔空喊话；它在某一处偷偷耍我，偶尔到我梦中。但有一天，我突然担心起来，它是不是太孤单了。我并不知它是公是母，可无论公母它都是单身呀。它得有情欲呀，它得有后代呀。我多么希望它能出了这个房子，到楼下的花园里去寻找它的伙伴，但它就是没有出去。我终于决定了在一个夏夜把大门打开，我就坐在客厅里，拉灭了灯，连烟都不敢吸，让它出门；还在心里念了《大悲咒》，让它离开。到天明了，我只说它是出去了；当天我离开时又放了馒头，要证实它是真出去了。等我再一次回来，一开门就看秦砖上的馒头还在不在。我那时是又盼望馒头还在又盼望馒头不在；要是馒头还在，那它真的是走了，心里还有些不舍。可一看，馒头竟没有了。天呀，它还在。我就笑了，说：那好，那好，行走！我在瞬间里叫它是行走，因为我的书房名是上书房，而古时候上书房是皇帝读书的地方，能自由出入上书房的官就叫上书房行走，我也把我的老鼠叫作了行走。

二〇一四年九月二十四日下午，我在书房里写小说，到了黄昏，写累了，摘下眼镜凝视对面的佛像。我的写字台安在大房间的南边，北边是两个木架，全摆放着铜的铁的石的木的佛像。我看着佛像祈祷，祈望神灵赐给我智慧的力量，才一低头却看见了老鼠就在那木架前的地板上。四年了，这是我第二次看到它。它还是那么一拃长，皮毛淡黄。它在那里背向着我，突然上半身立起来，两个前爪举着，然后俯下身去；再上半身立起举着前爪，又俯下身去。我一下子惊呆了，也感动不已。我没有弄出声响，就看着它做完三次动作，然后便去了另一个房间。等它走了，我吁了一口气，放下正写的小说，就写下了这篇小文。

说话

我出门不大说话，是因为我不会说普通话，人一稠，只有安静着听，能笑的也笑，能恼的也恼，或者不动声色。口舌的功能失去了重要的一面，吸烟就特别多，更好吃辣子、吃醋。

我曾经努力学过普通话，最早是我补过一次金牙的时候，再是我恋爱的时候，再是我有些名声，常常被人邀请。但我一学说，舌头就发硬，像大街上走模特儿的一字步，有醋熘过的味儿。自己都恶心自己的声调，也便羞于出口让别人听，所以终没有学成。而我的家乡话外人听不懂，常要一边说一边用笔写些字眼，说话的思维便要隔断，说话越发没了激情，也没了情趣，于是就干脆不说了。

数年前同一个朋友上京，他会普通话，一切应酬由他说，遗憾的是他口吃，话虽说得很慢，仍结结巴巴，常让人有没气儿了要过去了的危险感觉。偏偏一日在长安街上有人问路，这人竟也是口吃，我的朋友就一语未发，过后我问怎么不说，他说，人家也是口吃，我要回答了，那人以为我是在模仿戏弄，所以他是封了口的。受朋友的启示，以后我更不愿说话。

有一个夏天，北京的作家叫莫言的去新疆，突然给我发了电报，让我去西安火车站接他，那时我还未见过莫言，就在一个纸牌上写了“莫言”二字在车站转来转去等他，一个上午我没有说一句话，好多人直瞅着我也不说话，那日莫言因故未能到西安，直到快下午了，我迫不得已问一个人××次列车到站了没有，那人先把我手中的纸牌翻个过儿，说：“现在我可以对你说话了。我不知道。”我才猛然醒悟到纸牌上写着“莫言”二字。这两个字真好，可惜让别人用了笔名。我现在常提一个提包，是一家聋哑学校送我的，我每每把“聋哑学校”字样亮出来，出门在外觉得很自在。

不会说普通话，有口难言，我就不去见领导、见女人、见生人，慢慢乏于社交，越发瓜呆。但我会骂人，用家乡的土话骂，很觉畅美。我这么说的时候，其实心里很悲哀，恨自己太不行，自己就又给自己鼓劲，所以在许多文章中，我写我的出生地绝不写是贫困的山地，写不会说普通话时偏写道：普通话是普通人说的话嘛！

一个和尚曾给我传授过成就大事的秘诀：心系一处，守口如瓶。我的女儿在她的卧房里也写了这八个字的座右铭，但她写成：“心系一处，守口如平。”“平”是我的乳名，她说她也要守口如爸爸。

不会说普通话，我失去了许多好事，也避了诸多是非。世上有流言和留言——流言凭嘴，留言靠笔——我不会去流言，而滚滚流言对我而来时，我只能沉默。

十一封信

一

盛夏人皮是破竹篓，出汗淋漓如漏。老母坐不住家，一日数次下楼去寻老太太们闲聊，倒不嫌热。我也以写书避暑。(坐桌前以唾液沾双乳上，便有凉风通体。此秘诀你可试试，不要与玩麻将者说。) 写书宜写闲情书。能闲聊是真知己，闲情书易成美文。但母亲没喝水习惯，怕她上火，劝多喝水，她说口里不要，肚里也不要。我和妹妹都是能喝水的，来家的那些朋友，也无一不能喝。今早忽然醒悟，蹲机关的人上了班都是一支烟、一杯水、一张报的，母亲则是从来没有工作过！

二

来时不必带土产，有便车捎些西瓜给母亲即可。切切。我倒不信你能江郎才尽，瞧照片上，腰又大了一圈，那里边装什么？文坛上有人是晨鸡暮犬，他们出于职责，当可闻鸡而起，听吠安睡，有人则是老鼠磨牙，咬你的箱子磨他的牙罢了。前年你写那部书一成功，我就知道你要坏了人缘的，现在果然是，但麻将桌上连坐五庄，必然要得罪人，输家是有资格发脾气，也可以欠账，也可以骂人母。只担心你那口疮，治得如何？口要善待才是，除了吃饭，除了在领导面前说“是”外，将来那些人还要请你去谈创作经验啊！

三

因养了一盆郁金香，会开到一半我就溜了。听说×××颇有微词？我这屁股坐惯了书桌前的椅子，坐主席台上的椅子不自在。你几时来看花？美人不说话就是花，花一说话就是美人。

四

我当主编，忙的却是你们，几次想卸了这帽子，但卸不了，这也是不理事当不了官，能当大官不要理事。天这么热，办公室又没空调，不知买没买人丹丸？我赶了半天写下这期“读稿人语”，让小史捎去，再让捎去一盘五色冰激凌。六块，一人三块。吃罢将盘子一定还我。

五

儿女小时可以打，如拍打衣服上土，稍大了就是皮球，越打越蹦得高。我大学毕了业，先父还踢我一脚，待到后来一日，他吸烟，也递我一支，我才知道我从此不挨打了。但有人说父子如兄弟，如同志，那倒又过分，因为儿女的秉性是永远不崇拜父母的。我女儿看三流电视剧也伤心落泪，读我的书却总认为是她看着我写的，不是真的。让她去吧，龙种或许生跳蚤，丑猪或许养麒麟，只需叮咛“吃喝嫖赌不能抽（大烟），坑蒙拐骗不能偷（东西）”就罢了。窑炉只管烧瓷罐，瓷罐到社会上去，你能管得着去做油罐还是尿罐？老江说组织一次南山游的，又不见了动静，如果南山去不成，三月十五日午时去豪门菜馆吃海鲜，我做东。

六

空气装在皮圈里即为轮胎，我如果能手一抓就一把风，掷去砸人，先砸倒那姓曹的！盛世的皇帝寿命都高，因为他为国人谋福利。损人利己者则如通缉的逃犯，惶惶不可终日，岂能身体安康？发不义之财，若不做慈善业消耗，如人只吃饭而不长肛门，终有一日自己把自己憋死。

那只鳖不能让山兄去放生，他会放生到他的肚腹去。

七

不要嫌老婆脸黑，黑是黑，是本色，将来生子，还能卖好价钱的面粉。那日到 × 校开会，去了那么多作家，主持人要我站起来让学生们看看，我站起来躬腰点头，掌声雷动，主持人又说：同学们这么欢迎你，你站起来么！我说我是站起来的呀！主持人说：噢，你个子低。掌声更是雷动。我不嫌我个头矮，人不是白菜，大了好卖。做人不要心存自己是女人或是男人，也不必心存自己丑或自己美，一存心就坏了事。以貌取人者是奴才，与小奴才什么计较?

八

我要闭门写作呀，有事三十天后见。若有人寻到你打问我的行踪，只说我自杀了。记住，是安乐死，不是上吊，上吊吐舌头形象不佳。

九

能让别人利用，也是好事。研究《红楼梦》可以当博士，画钟馗可以逼鬼，给当官的当秘书可以自己当官。藤蔓多正因着你是乔木。无山不起云，起云山显得更高，若你周围没那些营营之辈，你又会是何等面目？朋友都是走了的好。今夜月光满地，刚才开窗我还以为巷口的下水道又堵塞，是水漫淹，就想你若踏水来访多好！我可教你作曲解烦。作曲并不难，“言之不尽歌咏之”，曲就是把说不尽的话从心里起便放慢音节哼出来，记下便可了，如记不下，旁边放录音机来录。学那钢琴就非是一月半月能操作，且十个指头，怎能按得住那么多个键呢？

十

买书不要买豪华本，豪华本的书那是卖给不读书的人的。读书也不必只读纸做的书，山水可以读，云雨可以读，官场可以读，商界可以读。赌徒和妓女也都是书。只在家读书本，读了书还是读书，无异于整日喝酒、打牌和吸烟土，于社会、家人有什么好处？

得空来吃茶，我前日得明前茶一罐。

十一

今晚粤菜馆的饭局我就不去了。在座的有那么多领导和大款，我虽也是局级，但文联主席是穷官、闲官，别人不装在眼里，我也不把我瞧得上，哪里敢称作同僚？他们知道我而没见过我，我没有见过人家也不知道人家具体职务。若去了，他们西装革履我一身休闲，他们坐小车我骑自行车，他们提手机我背个挎包，于我觉得寒酸，于人家又觉得我不合群，这饭就吃得不自在了。

要吃饭和熟人吃得香，爱吃的多吃，不爱吃的少吃，可以打嗝儿，可以放屁，可以说趣话骂娘，和生人能这样吗？和领导能这样吗？知道的能原谅我是懒散惯了，不知道的还以为我对人家不恭，为吃一顿饭惹出许多事情来，这就犯不着了。

酒席上谁是上座，谁是次座，那是不能乱了秩序的，且常常上座的领导到得最迟，菜端上来得他到来方能开席，我是半年未吃海鲜之类，见那龙虾海蟹就急不可耐，若不自觉筷先伸了过去如何是好？即便开席，你知道我向来吃速快，吃相难看，只顾闷头吃下去，若顺我意，让满座难堪，也丢了文人的斯文，若强制自己，为吃一顿饭强制自己，这又是为什么来着？

席间敬酒，先敬谁，顺序不能乱，谁也不得漏，我又怎么记得住？而且又要说敬酒词，我生来口讷，说得得体我不会，说得不得体又落个傲慢。敬领导要起立，一人敬全席起立，我腿有疾，几十次起来坐下又起来我难以支持。

我又不善笑，你知道，从来照相都不笑的，在席上当然要笑，那笑就易于皮笑肉不笑，就要冷落席上的气氛。更为难的是我自患病后已戒了酒，若领导让我喝，我不喝拂他的兴，喝了又得伤我身子，即使是你事先在我杯中盛白水，一旦发现，那就全没了意思。

官场的事我不懂，席间人家若指导起文学上的事，我该不该掏了笔来记录？该不该和他辩论？说是不是，说不是也不是，我这般年纪了，在外随便惯了，在家也充大惯了，让我一副奴相去逢迎，百般殷勤做媚态，一时半会儿难以学会。

而你设一局饭，花销几千，忙活数日，图的是皆大欢喜，若让我去尴尬了人家，这饭局就白设了，我怎么对得住朋友？而让我难堪，这你于心不忍，所以，还是放我过去，免了吧。几时我来做东，回报你的心意，咱坐小饭馆，一壶酒，两个人，三碗饭，四盘菜，五六十分钟吃一顿！如果领导知道了要请我而我未去，你就说我突然病了，病得很重，这虽然对我不吉利，但我宁愿重病，也免得我去坏了你的饭局而让我长久心中愧疚啊。

访兰

父亲喜欢兰草，过些日子，就要到深山中一趟，带回些野兰来培栽；几年之间，家里庭院里就有了百十余品种，像要做上看一个兰草园圃似的。方圆十几里的人就都跑来玩赏。父亲并不以此得意的，而且倒有了几分愠怒；时又进山去，便从此不再带回那些野生野长的兰草了。这事很使我奇怪，问他，又不肯说，只是有一次再进山的时候，要我和他一块：“访山去吧！”

我们走了半天，一直到了山的深处。那里有一道瀑布，几十丈高地直直垂下，老远就听到了轰轰隆隆地响，水沫扬起来，弥漫了半天，日光在上面浮着，晕出七彩迷离的虚幻。我们沿谷底走，便看见有很多野兰草，盈尺高的，都开淡淡的兰花，就像地上铺了一层寒烟；香气浓烈极了，气浪一冲，站在峡谷的任何地方都闻到了。

我从未见过这么清妙的兰草，连声叫好，又动手要挖起一株来，想，父亲会培育这仙品的：以前就这么挖回去，经过一番培栽，就养出了各种各样的品类、形状的呢！

父亲却把我制止了。问道："你觉得这里的兰草好呢，还是家里的那些好？"我说："这里的好！""怎么个好呢？"我却说不出来。家里的确比这里的看着好看，这里的却比家里的清爽。"是味儿好像不同吗？"

"是的。"

"这是为什么？一样的兰草，长在两个地方就有了两个味儿？！"

父亲说："兰草是空谷的幽物，得的是天地自然的元气，长的是山野水畔的趣姿；一培栽了，便成了玩赏的盆景。"

"但它确实叶更嫩，花更繁更大了呢！"

"样子是似乎美了，但美得太甜，太媚，格调也就俗了。"

父亲的话是对的。但我却不禁惋惜了：这么精神的野兰，在这个空谷僻野，叶是为谁长的，花是为谁开的，会有几个知道而欣赏呢！

"这正是它的不俗处。它不为被欣赏而生长，却为着自己的特色而存在着，所以它才长得叶纯，开得花纯，楚楚地有着它的灵性。"

我再也不敢去挖这些野兰了。高兴着它的这种纯朴，悲痛以前为什么喜爱着它而却无形中就毁了它呢！

父亲拉我坐在潭边，我的身影就静静地沉在水里；他看着它，也在看着我，说：“做人也是这样的啊，孩子！人活在世上，不能失去了自己的真性，献媚处事，就像盆景中的兰草一样降了品格；这样的人是不会给社会有贡献的。”

我深深地记着父亲的话。从那以后，已经是十五年过去了，我一直未敢忘却过。

上帝的微笑

当我听到《白鹿原》获奖的消息，我为之长长吁了一口气。我想，仰天浩叹的一定不仅我一人，在这个冬天里，很多很多的人是望着月亮，望着那夜之眼的。

其实，在读者如我的心中，《白鹿原》五年前就获奖了。现今的获奖，带给我们的只是悲怆之喜，无声之笑。

可以设想，假如这次还没有获奖，假如永远不能获奖，假如没有方方面面的恭喜祝贺，情况又会怎样呢？但陈忠实依然是作家陈忠实，他依然在写作，《白鹿原》依然是优秀著作，读者依然在阅读。污泥里生长着的莲花是圣洁的莲花。

作品的意义并不在于获奖，就《白鹿原》而言，它的获奖重在给作家有限的生命中一次关于人格和文格的正名，从而使生存的空间得以扩大。外部世界对作家有这样那样的需要，但作家需要什么呢？作家的灵魂往往是伟大的，躯体却卑微，他需要活着，活着就得吃喝拉撒睡，就得米面油茶酱，当然，还需要一份尊严。

上帝终于向忠实发出了微笑，我们全都有了如莲的喜悦。

小楚

小楚是一只狗，走狗。它被买到圈圈家之前，圈圈是饲着一只猫的，猫很漂亮，有些狐相，圈圈的老婆就把猫装在纸盒里扔到垃圾车上去了。圈圈和老婆再去宠物市场，老婆却一定要买了小楚回来。小楚是哈巴族的，短短的腿，嘴脸可笑，老婆偏说她爱嘛。

圈圈家的饭是圈圈做的。他下班回来得再晚，老婆也要坐在沙发上等他，还要说：饿死我了，饿死我了！但小楚却顿顿定时有猪肝吃，是老婆亲自上街买的。老婆有买时装的嗜好，圈圈最怕的就是逛商店，但不能不陪了去。现在，老婆在街上走，左边厮跟的是小楚，右边厮跟的是圈圈，小楚和圈圈都戴着墨镜。

小楚眼长腿短，有时会直起上身来朝床上看，趔趔趄趄地要上去，老婆就嚼泡泡糖逗小楚，叭，叭，泡儿吹得很大了，沾在了鼻尖上。圈圈顿时没了兴趣，翻身坐在了床沿上恨小楚，说：

你狗东西，狗东西！小楚也恨他，说：汪！

圈圈在洗衣服的时候，有时就发脾气，将老婆的内衣扔出盆子。老婆说：别人想洗还不让呢！圈圈想想，也是，就高兴了。洗好的衣服晾在凉台上，圈圈偏把内衣挂得高，每当老婆唤小楚去收了内衣来穿，小楚在衣绳下一跳一跳地抓不着，他就得意的，而且装着什么也不知道，坐到厅里去看报纸。小楚最能效力的是替老婆叼鞋子，它看不见老婆梳了什么发型，穿了什么上衣，目光唯一看到的是鞋子，所以一有空就把有高跟的鞋子全叼在沙发上玩。

一次圈圈又陪老婆上街，当然还有小楚。街上的人很多，圈圈发现后边有一个也穿着同老婆一样鞋子的女人，就故意缓下步来，待和那女人一起了，他突然亲昵地把老婆抱起来，指点一家商店橱窗里的时装，两人就在橱窗前站住。小楚竟不知，跟着那个女人的鞋只往前走了。两人看了一会儿衣服，老婆唤："小楚小楚。"没有回应，扭头张望，小楚已跟着那个女人，欢碎着步儿正穿过马路。一辆车就急驶而来，女人一跃身闪过了，小楚腿短，也一跃，却正好跃在车轮下，便被轧死了。

在郊外掘坑埋小楚的时候，圈圈的老婆把自己的那双鞋也埋进去，圈圈没反对，只是想：狗到底不如人，只会跟鞋走。

招牌

在西安，但凡大的公司，甚或小小的一间店铺，都讲究字号匾牌的——字一定是名家所写，写着又必须是精美的书法——这是最起码的事了，如冬天出门就戴上帽子一样。这种作风已经使我们熟视无睹，似乎并不觉得有什么了不起。等去了一趟南方，走过那几个经济相当发达的城市，满城很难见得一家二家有书法意味的匾牌，才感觉到西安的文化味来。若论起城市的规模、繁华、整洁和新潮，西安人常常丧气，但西安对文化的崇尚，却使这个城市别有了一番气质。它之所以是文化古城，不仅表现在古代，也不仅表现在现当代产生过一批杰出的文化人物，一种深厚的文化积淀是渗透到每一个市民的显意识和潜意识中去的，以致使它散发出古朴、大方的气息，在当今的城市里卓尔不群，让我们对其发展前景有了按捺不住的自豪之情。

去年的夏天，我的朋友约我去他们的公司，他的事业已经相当大，开办了一个分公司。为了这个分公司，他出高价让几个书法家写了风格不一的匾牌，一时拿不定主意用哪个更合适，让我去参谋。从公司返回，天下了大雨，街上行人纷纷逃散着避雨，城门洞里拥满了人，我刚刚避进去，便见一老头蹬着一辆三轮车也挤过来。这是一个卖镜糕的小贩，三轮车上安装着镜糕柜，人已经淋得落汤鸡一般。一进来，老头一边甩着头上雨水，一边却从怀里掏出个塑料袋来，正要骂天，却阿嚏地打了个喷嚏。旁边人说："你有这塑料袋，怎不戴在头上，这么大的年纪能受得雨淋？"老头诡秘地笑笑，却从塑料袋里取出个小木板来，原来怕小木板淋着，用塑料袋装了揣在怀里的，大家倒乐了，不明白这小木板是什么宝贝。老头把小木板翻过来，上面却是用墨笔写了两个字：镜糕。老头说："知道这是谁的字吗？于右任的。"我看了看，字体是于右任的，但是于右任几十年前亲手写的呢，还是现在哪个书法家仿于体写的，不可得知。问老头，老头偏不说，只是得意地向人说这字写得多好，怎么能让雨淋呢？大家都没有再取笑老头，将那字牌儿传来传去地看，都说：写得好！

后来，雨住了，城门洞避雨的人开始走散，老头就去收拾三轮车，我瞧见他把小木字牌又挂在架子上，一边慢慢地蹬着走去，一边长声短调地吆喝：“镜儿——糕！镜儿——糕！”望着老头远去的身影，我突然觉得西安的可爱，我庆幸我生活在这个城市，它是大有希望的城，永远也不会消失的城。

钓者

天上是一轮新月，水里是一轮新月，垂一杆钓竿，盯着那浮子，一截剥了皮的小小的高粱秆芯儿:浮子不动，人也不动，手指上的脉搏已经流传到钓竿上了，思想呢，在水里沉了?

这是我的朋友在钓鱼。他已经六十岁了，常常坐在小河边来，于是，我们便认识了。

小河就在我们村子面前，浅浅的，有玻璃一样的颜色，天晴的时候，那河底的石头就很显，看得见有鱼儿伏在那里，静静的，全是黑脊梁的。我们山里人并不去惊它，偶尔下水摸几条上来，拿柳条串了提回家，大人是不许在锅里炒着吃的，嫌那有腥味儿。于是乎，多半是喂了猫了，少半用荷叶包了，涂上青泥，在灶火口烧着吃，并不见甚好吃的。因此，鱼是不怕人的，就是你走近它，把你的影子投在它的面前，它也不动，丢颗石子下去了，它才一愣，怡然而逝。

“文革”中，那一个黄昏里，河边的芦苇全白絮了，我放牧回来，仄在牛背上，悠悠地吹那笛儿，脚便不停地分踢着两边扑过来的芦梢儿。蓦然，就瞧见那弯弯的柳树根上，坐着一个人钓鱼，草帽把脸全遮住了，一只蜻蜓停在那帽檐上。我感到新奇，这一定不是山里人了；从牛背上溜下来，悄悄走近去，他没有动，钓竿横在那里，已有几条黑脊梁在吸那钩上的小蚯蚓了，那浮子就微微地激动，像落下的一朵芦絮，又像冒上来的一眼水泡儿。那人还是不动。我却急了：

“钓，快钓！”

他好像才发现了我，但立即又好像没发现我了，一动不动地坐他的，那钓竿依然没有拉，浮子静了一下后，又微微地激动了。

但我终是看清他的脸了，很黄，满下巴的毛也黄，连两手的食指和中指都是黄得发焦。我立即掉头逃走了：毫无疑问，这是一个怪人，一个外乡来的怪人了。

第二天，第三天……几乎是每一个黄昏了，我放牧回来，总要好奇地往那芦苇深处的柳树下看看，他还在吗？他还在的。那么坐着，像一尊石头。但终未见他钓上一条半尾鱼来。

这一天，一头牛病了，半下午的时候，我便赶牛回村了，在牛圈里，我竟看见这位钓者了。他双脚踩在牛粪里，用锨往外铲那粪块，粪是泥草沤的，铲不动，手就伸下去了，那焦黄的食指和中指，一抠，抠起一大块来。抠完粪了，又去担干土垫，扁担在肩上跳，他前后顾着，用两手抓住捺，摇摇摆摆走，已经看见我在笑看他了，并不一言一笑。我想：他原来扁担都不会担，自然是不会钓鱼的了。然而，粪出完又垫好了，他却抱了那鱼竿，又踽踽地向河边走去。

我随着他，看他在那里坐定，垂下钓竿去，立即又一动不动了。月亮升上来，静静地照在水上、芦苇上，他只是坐着，不拉钓竿，甚至连拉上来看也不看一眼。我真担心他已经瞌睡了，随时会掉下水里去的呢，我走过去，说：

“你是要钓水里的月亮吗？”

他看看我，又好像没有发现我了，但突然又回答说：

“钓鱼。”

“鱼已上钩了，为什么不钓呢？”

“鱼可怜见的。”

我简直要笑喷了，问道：

“那你在水里钓什么呢？”

“钓愁！”

这句话，一直到几年后，我才明白了是什么意思，但那时，只觉得可笑，越发证实他是一个怪人。

后来，我就慢慢了解清这个怪人了。他是一位作家，据说写过好多好多的书，但他是“黑帮”，遭到山里来改造了。人们都在推测：他怎么始终不说话呢，劳动后了，却总去钓鱼？有人就说，他一定是南方人，有吃鱼的嗜好吧。但谁也没有去证实，只知道他是“黑”人，不可相近罢了。

梅子黄了，那连阴雨扯开了头，牛毛的，丝线的，麦芒的，天天都在下着。我黄昏放牛回来，想他今日是不会再坐在那里了，但是，到那河边芦苇深处，一眼溜去，就看见他照样已坐在那里了。我坐在他的身边，看着他的湿衣服，问：

“你还不回家去？”

我突然觉得不该这么问了，我知道他到村后，一直住在队公房旁的一间破农具室里，那算什么家呢？就又说：

“你是哪里人，你有家吗？”

他没有言语。

“有儿子吗？”

他还是没有言语。

“噢，就你一人了？”

他突然抬起头来，呆呆地看着芦苇上边的天，天灰灰的，雨丝网着，一群水鸟斜着翅膀飞下来，落在河里，水面立即灰浊浊的了，他自言自语说：

“他们在怎么想着我呢……”

“他们？他们是谁？”

他又不言语了，脸越发黄了，只死死盯那水面，我不敢问下去了，默默地陪他钓鱼。水很灰，黑脊梁的小东西儿再也看不清了，我用石子打散了那游泳的水鸟，偏一只不去，又飞来一只，双双在那里叫着。我们就又默默坐着，听那雨脚在芦叶上跳得沙沙地响，在看着天咋个地黑。

我们慢慢地熟了，虽然他不和我多说话，我也只会陪着他空钓鱼，但我们毕竟是成了朋友。两年后，他却走了。那天，我放牛回来，照样去河边芦苇深处：一河清水，没有他了，那水里成群的鱼儿都集在那柳树根前，但它们再也吃不上那钓钩上的蚯蚓了。我回到家里，母亲说，他已经被调走了，那杆钓竿是送我做纪念留下了。

从此，我再没有见到过这位钓者了，我也没有拿了那钓竿坐在那河边芦苇深处去钓鱼。因为我觉得钓条鱼吧，山里人没有吃鱼的习惯，而学他样去空钓吧，那又有什么意思呢？

但我终于又在河边的芦苇深处碰上他了哩。

今年春上，我依旧放牛回来，正是芦苇从水里长出来，在向着天空蹿出一丈来高了，我骑着牛，弄着我那笛儿，悠悠地吹，任着牛儿在芦苇丛中的曲径里走。蓦地，我看见一个人，在那柳树根上，横一杆钓竿，一动不动地坐着。唏，是他吗？但我又多么害怕是他呀！他在这里钓了几年的愁，他已愁得可怜了，他不能再在这儿钓愁了啊！

我走近去，那人没有发现，但是就是他！人已经很老了，但脸却显白，满下巴的毛也白了。我默默地坐下来，陪着他，他始终没有发觉，那么横着鱼竿，那浮子又开始在微微地激动了，激动着……我毕竟长大了，不忍心看着他那痴呆的样子，站起身悄悄走了。

回到家，听母亲说了，他果真是又到我们村来的，就在东巷口王贵家的一间空房里住着。夜里，我说什么也该去看看我的这位朋友了。一进门，他正坐在灯下的桌边，面前是厚厚的一摞书，一摞纸，他头就埋在那高高的两摞中间写什么，一只手，那焦黄的食指和中指间，正夹着烟，烟从额角升上来，钻进头发里，那满头便着火一般的。我不觉心头一紧：他一定又在写什么检查哩。记得以前有一回，他写检查的时候，正碰着我去找他，他赶忙用手将纸捂了，很羞愧地给我笑，笑得我不自在了几天……我收了脚步，又回家去了。

此后，每天黄昏，我总瞧见他坐在那河边芦苇深处钓鱼了。

我终于走近他去，大声地问他，他发觉我了，立即就站起来，把我抱住了。我很吃惊，不知道他这是怎么啦，心想愁极了的人会这么发疯的，就眼泪哗哗地淌下来，但他就替我擦了，而且呵呵呵地大笑起来，他原来也有笑声啊，竟笑得这么美！

月亮又上来了，月就在水里，看得见那黑脊梁的鱼在星群中间游动。他却不再下钩了，问我这几年的日子可滋润，问我可有一个漂亮的姑娘在爱着，问我现在成了大牛倌了放多少头牛……我没有回答，只催他钓鱼。

“你钓吧。”

“我钓够了。”

我看看身边，并没有什么银鱼儿闪动，问：

“还是愁吗？”

“不，是文章。”

“文章？”

“我现在又有笔了，要来写书。白天劳动，晚上写作，黄昏里出来构思，就又要靠这鱼钓竿了。”

哦，我现在才明白了，原来这浅浅的河里，不光是有鱼，不光是有愁啊？！

从此，芦昏里，我的朋友总在小河边芦苇深处垂钓了，那水静静的，星月就在水里，鱼儿就在天上，他坐在这天上地下，盯着那浮子，浮子不动，人也不动，思想已经沉在水里了，那文章呢，满河里流着哩。

贰

山水间得自在

进山东

第一回进山东，春正发生，出潼关沿着黄河古道走，同车里坐着几个和尚——和尚使我们与古代亲近——恍惚里，春秋战国的风云依然演义，我这是去了鲁国之境了。鲁国的土地果然肥沃，人物果然礼仪，狼虎的秦人能被接纳吗？深沉的胡琴从那一簇蓝瓦黄墙的村庄里传来，音韵绵长，和那一条并不知名的河，在暮色苍茫里蜿蜒而来又蜿蜒而去，弥漫着，如麦田上浓得化也化不开的雾气。我听见了在泗水岸上，有了“逝者如斯夫”的声音，从孔子一直说到了现在。

我的祖先，那个秦嬴政，在他的生前是曾经焚书坑儒过的，但居山高为秦城，秦城已坏，凿池深为秦坑，自坑其国，江海可以枯竭，乾坤可以倾侧，唯斯文用之不息，如今，他的后人如我者，却千里迢迢来拜孔子了。其实，秦嬴政在统一天下后也是来过鲁国旧地，他在泰山上祀天，封禅是帝王们的举动，我来山东，除了拜孔，当然也得去登泰山，只是祈求上天给我以艺术上的想象和力量。接待我的济宁市的朋友，说：哈，你终于来了！我是来了，孔门弟子三千，我算不算三千零一呢？我没有给伟大的先师带一束干肉，当年的苏轼可以唱“执瓢从之，忽焉在后”，我带来的唯是一颗头颅，在孔子的墓前叩一个重响。

一出潼关，地倾东南，风沙于后，黄河在前，是有了这么广大的平原才使黄河远去，还是有了黄河才有了这平原？哐啷哐啷的车轮整整响了一夜，天明看车外，圆天之下是铅色的低云，方地之上是深绿的麦田，哪里有紫白色的桐花哪里就有村庄，粗糙的土坯院墙，砖雕的门楼，脚步沉缓的有着黑红颜色而褶纹深刻的后脖的农民，和那叫声依然如豹的走狗——山东的风光竟与陕西关中如此相似！这种惊奇使我必然思想，为什么山东能产生孔子呢？那年去新疆，爱上了吃新疆的馕，怀里揣着一块在沙漠上走了一天，遇见一条河水了，蹲下来洗脸，将馕抛向河的上游，开始洗脸，洗毕时馕已顺水而至，捡起泡软了的馕就水而吃。而山东也是吃大饼的，大饼卷葱，就也产生了孔子这样的圣人吗？古书上也讲，泰山在中原独高，所以生孔子。圣人或许是吃简单的粗糙的食品而出的，但孔子的一部《论语》能治天下，儒家的文化何以又能在这里产生呢？望着这么大的平原，我醒悟到平原是皇天后土，它深沉博大，它平坦辽阔，它正规，它也保守而滞板，儒文化是大平原的产物，大平原只能产生出儒文化。那么，老庄的哲学呢？就产生于山地和沼泽吧。

在曲阜，我已经无法觅寻到孔子当年真正生活过的环境，如今以孔庙孔府孔林组合的这个城市，看到的是历朝历代皇帝营造起来的孔家的赫然大势。一个文人，身后能达到如此的豪华气派，在整个地球上怕再也没有第二个了。这是文人的骄傲。但看看孔子的身世，他的生前恓恓惶惶的形状，又让我们文人感到了一份心酸。司马迁是这样的，曹雪芹也是这样，文人都是与富贵无缘，都是生前得不到公正的。在济宁，意外地得知，李白竟也是在济宁住过了二十余年啊！遥想在四川参观杜甫草堂，听那里人在说，流离失所的杜甫到成都去拜会他的一位已经做了大官的昔日朋友，门子却怎么也不传禀，好不容易见着了朋友，朋友正宴请上司，只是冷冷地让他先去客栈里住下好了。杜甫蒙受羞辱，就出城到郊外，仰躺在田埂上对天浩叹。尊诗圣的是因为需要诗圣，做诗圣的只能贫困潦倒。我是多么崇拜英雄豪杰呀，但英雄豪杰辈出的时代往往是斯文扫地的。孔庙里，我并不感兴趣那些大大小小的皇帝为孔子树立的石碑，独对那面藏书墙钟情，孔老夫子当周之衰则否，属鲁之乱则晦，及秦之暴则废，遇汉之王则兴，乾坤不可以久否，日月不可以久晦，文籍不可以久废啊！

当我立于藏书墙下留影拍照时，我吟诵的是米芾的赞词：“孔子孔子，大哉孔子！孔子以前，既无孔子；孔子之后，更无孔子。孔子孔子，大哉孔子！”出得孔府，回首看府门上的对联，一边有富贵二字，将富字写成“畐”，一边有文章二字，将章字写成“章”。据说“富”字没一点，意在富贵不可封顶，“章”字早出头，意在文章可以通天。唏，这只是孔门后代的得意。衍圣公也是一代一代的，这如现在一些文化名人的纪念馆，遗孀或子女大都能当个纪念馆长一样的。做人是不是伟大的人，生前姑且不论，死后能福及子孙后代和国人的就是伟大的人。孔子是这样，秦嬴政是这样，看着繁荣富裕的曲阜，我就想到了秦兵马俑所在地临潼的热闹。

在孔庙里我睁大眼睛察看圣迹图，中国最早的这组石刻连环画，孔子的相貌并不俊美，头凹脸阔，豁牙露鼻。因父亲与一个年龄相差数十岁的女子结婚，他被称为野合所生，身世的不合俗理和相貌的丑陋，以及生存困窘，造就了千古素王。而秦嬴政呢，竟也是野合所得。有意思的是秦嬴政做了始皇，焚书坑儒，却也能到泰山封禅，他到了这里，不知对孔子做何感想？他登泰山而天降大雨，想没想到过因泰山而有了孔子，也可以说因了孔子而有了泰山，在泰山上他能祀天而求得以武功得天下又以武功能守天下吗？

我在泰山上觅寻我的祖先遇雨而避的山崖和古松，遗憾地没有找到这个景点。听导游的人解说，我的祖先毕竟还是登上了山顶，在那里燃起熊熊大火与天接通，天给了他什么昭示，后人恐怕不可得知，而事实是秦亡后就在泰山之下，孔庙孔府孔林如皇宫一样矗起而千万年里香火不绝。孔子就是五岳独尊的泰山吗？泰山就是永远的孔子吗？登泰山者，人多如蚁，而几多人真正配得上登泰山呢？我站在北拱石下向北面的峰头上看，我许下了我的宏愿，如果我有了完成夙命的能力和机会，我就要在那个峰头上造一个大庙的。我抚摸着北拱石，我以为这块石头是高贵的，坚强的，是一个阳具，是一个拳头，是一个冲天的惊叹号。

古人讲：登泰山而一览众山小。周围的山确实是小的，小的不仅仅是周围的山，也小的是天下。我这时是懂得了当年孔子登山时的心境，也知道了他之所以惶惶如丧家之犬一样到处游说的那一份自信的。

我带回了一块石头，泰山上的石头。过去的皇帝自以为他们是天之骄子，一旦登基了就来泰山封禅的，但有的定都地远，他们可以来泰山祀天，也可以在自家门前筑一个土丘作为泰山来祀，而我只带回一块石头——泰山石是敢当的——泰山就永远属于我，给我拔地通天的信仰了。

进山东的时候，我是带了一批《土门》要参加签名售书活动的，在济宁城里搞了一场，书店的人又动员我能再到曲阜搞一次，我断然拒绝了。孔子门前怎能卖书呢？我带的是《土门》，我要上泰山登天门，奠地了还要祀天啊！我站在山顶的一截石阶上往天边看去，据说孔子当年就站在这儿，能看到苏州城门洞口的人物，可我什么也看不见，我是没有孔子的好眼力，但孔子教育了我放开了眼量，我需要一副好的眼力去看花开花落，看云聚云散，看透尘世的一切。

怀着拜孔子、登泰山的愿望进山东，额外地在济宁参观了武氏祠的汉画像石，多么惊天动地的艺术！数百块的石刻中，令我惊异的是最多的画像竟是孔子见老子图。中国最伟大的会见，历史的瞬间凝固在天地间动人的一幕，年轻的孔子恭敬地站在那里，大袖筒中伸出两只雁头，这是他要送给老子的见面礼。孔子身后是颜回等二十人，四人手捧简册，而子路头有雄鸡，可能是子路生性喜辩爱斗的吧。这次会见，两人具体说了些什么，史料没有详载，民间也不甚传说，而礼仪之邦的芸芸众生却津津乐道，于此不疲，以至于有这么多的石刻图案。老子在西，孔子在东，孔子能如此地去见老子，但孔子生前为什么竟不去秦呢？这个问题我站在泰山顶上了还在追问自己，仍是究竟不出，孔子说登泰山而赋，我要赋什么呢？我要赋的就只有这一腔疑惑和惆怅了。

松云寺

商州杨斜有一个寺，很小，就二百平方米的一个院子，也只住着一个和尚。和尚在每年的三月底或四月初，清早起来，要拿扫帚扫院里的花絮，花絮颜色深黄，像撒了一地金子。

这是松花。

松是孤松，在院子西边，一搂多粗的腰，皮裂着如同鳞甲，能一片一片揭下来。树高到一丈多，股干就平着长，先是向东北方向发展，已经快挨着院墙了，又回转往西南方向伸张，并且不断曲折，生出枝节，每一枝节处都呈Z字状，整个院子的上空就被罩严了。

松树真的像条龙。

应该起名松龙寺吧，却叫松云寺。叫松云寺正好，因为松已是龙，则需云从，云起龙升，取的是腾达之意啊。

但寺院实在太小，松的股枝往复盘旋，似藤萝架一般，塞满了院子，倒感叹这松不是因寺而栽，是寺因松而建，寺的三面围墙竟将龙的腾达限制了。

二〇一〇年九月五日，我从商州城去寺里，去时倾盆大雨，到了却雨驻天晴，见松枝苍翠，从院墙头扑搭了许多，而门楼高脊翘角，使其受阻。我建议既然寺紧临大路，院墙不可能推倒，不妨砸掉门楼脊角，让松能平行着伸长出来。所幸和尚和乡政府干部都同意，并保证半月内完成，我才蔚然离开。离开时，雨又开始下，一直下到天黑。

当晚还住在商州，半夜做了一梦，梦见飞龙在天，醒来睁眼的一瞬间，竟然恍惚看到周围有一通碑子，有扫松花的扫帚，有和尚吃茶的石桌。很是惊奇，难道梦境在人睡着的时候是具现的？疑疑惑惑就直坐到天明。

药王堂

柞水有个药王堂，仅仅是一间庙，就修在山根的一个台子上。台子可能是开出来的，也可能是水冲刷出来的，远远看去，就像一块大的石头。

据说孙思邈当年路过这里，坐下来要歇脚，当地山民都跑来求他治病，他就再没走成，从唐朝一直坐到了现在，坐成了一个小庙。

小庙不知翻修了几百次，庙始终是一间房，和山区寻常人家的房子没有区别。但来人不绝，似乎那就是孙思邈的家，有病了来看看，没病了也来看看。

孙思邈也似乎已习惯这山区的日子了，小小的台面不足三十平方米，出门到台沿一丈多宽，不砌院墙，立马就能看到台子下的乾佑河，河水总是呜呜咽咽。河对岸的山岗上，满是柴林，雨后的太阳照着，柴林的叶子像涂了蜡，闪闪发亮，像无数的眼睛瞅过来。而房的左边呢，崖壁上湿漉漉的，插了个竹片就流出水来，水细得如同挂面，下边的潭仅是笼筐大，这也就够用了。房的右边还种了菜，是三行葱，二十来棵豆角苗，竟然靠崖角还长着一窝西红柿，柿子青里泛了红，正是好的颜色。

庙里住着神，又觉得是白胡子老者，能听到咳嗽吧，是不是正研了药往葫芦里装呢？

山民又来了许多，都说：去摸摸那个葫芦么，要些药，灵验得很哩！

当我路过这段石滩

我家住在郊外，到城里去上班，每天都要路过一条河的。河是很宽了，一年里却极少有水，上上下下是一满儿的石头，大者如斗，小者如豆，全是圆溜溜的光滑；有的竟垒起来，大的在上，小的在下，临风吱吱晃动，而推之不能跌落。我叫它是石滩。每每路过，骑车便在石隙中盘来绕去，步行却总要从一块石头上跳到另一块石头上，摇摇晃晃，惊慌里有多少无穷的趣味呢。

可是，旁人却更多地怨恨这石滩了，因为它实在不平坦，穿皮鞋的不喜欢，尤其是那些女子，宁可到上游多绕三里路走那大桥，不愿走这里拐了高跟。它又没有花儿开放，甚至连一株小草也不曾长，绿的只有那石头上星星点点的苔藓，但雨天过去，那苔藓就枯干了，难看的是污垢片儿。恋人是不来的，爱情嫌这里荒寒；小孩是不来的，游戏嫌这里寂寞。偶尔一些老人来坐，却又禁不住风凉，踽踽返去了。

多少年来，我却深深地恋着这段石滩，只有我在那里长时间地坐过，长时间地做一些达不到边缘的回忆和放肆的想象。

八年前，我是个白面书生，背着铺盖卷儿，从那四面是山的村镇来到了城里；闹嚷嚷的地方，我是个才拱出蛋壳的小鸭，一身绒毛，黄亮亮的像一团透明的雾。我惊喜过，幻想过，做着五彩缤纷的梦。但是，几年过去了，做人的艰难，处世的艰难，让我知道了我是多么的孱弱！孱弱者却不肯溺沉；留给我的，便只有那无穷无尽的忧伤了。

忧伤，谁能理解呢？对于我的父母，我的亲朋好友，我说有了饥，他们给我吃的；我说有了渴，他们给我喝的；我说有了忧伤，他们却全不信，说我是不可理解的人。理解我的，便只有这段石滩了。

在遇到丑恶东西的时候，我没了自信，那石滩容得我静静坐着，它那起起伏伏的姿态和曲线，使我想起远在千里外的爱人了。我似乎又看见了她在早晨打开窗子，临着晨光举手拢着秀发的侧身，又似乎看见了她在晚霞飞起的田野，奔跑扑蝶、扭身弯腰的背影。于是，忧伤忘去了，心窝里充满了甜蜜，呼唤着她的名字，任一天的风柔柔地拂在脸上，到处散发着她的吻的情味，任漫空的星星闪亮在云际，到处充满着她的眼的爱抚。

在失去善美的时候，一个愁字如何使我了得！这石滩，又使我来专想静观了，它那恰恰好好的布局和安排，使我想起了家乡月下街巷屋顶的无数的三角和平面了。似乎又看见了我们做孩子的在里边捉迷藏，巷口的小花花，梳两条细细的辫子，常常身藏在墙后，辫子却吊在外边，我便将那头像画在墙上，辫子画得像老鼠尾巴一样难看。于是，忧伤忘去了，心窝里充满了甜蜜，呼唤着金色的童年，想那小花花长大了吗？还留着那个细辫子吗？如果那个头像画还在，做了大人的我们再见了，脸该怎么个红呢？

石滩就是这般地安慰我，实在是我灵魂的洗礼殿呢！但我总搞不明白，这是怎么回事呢？石滩总是无言，但一有忧伤石滩总是给我排解，这石滩到底是什么呢？

一日复有一日，我路过这段石滩，思索着，觅寻着，我知道这其中是有答案的，是有谜底的。

终有一日，我坐在这石滩上，看这一河石头，或高，或低，或聚，或散，或急，或缓，立立卧卧，平平仄仄，蓦地看出这不是一首流动的音乐吗？它虽然无声，却似乎充满了音响，充满了节奏，充满了和谐。想象那高的该是欢乐，低的该是忧伤，奋争中有了挫折，低沉里爆出了激昂，丑随着美而繁衍，善搏着恶而存生，交交错错，起起伏伏，反反复复，如此而已！这才有了社会的运动、生活的韵律、生命的节奏吗？这段石滩，它之所以很少水流，满是石头，正是在默默地将天地自然的真谛透露吗？正是在暗暗地启示着这个社会，让这个社会生了育了的我的灵魂吗？

面对着石滩，我慢慢彻悟了，社会原来有如此的妙事：它再不是个单纯的透明晶体，也不会是混沌不可清的泥潭；单纯入世，复杂处世，终会身在庐山，自知庐山的真面目了。它就是一首流动的音乐，看得清它的结构，听得清它的节奏！试想，我还会再被忧伤阴袭了我的灵魂吗？我还会再被烦恼锈锁了我的手足吗？啊，我愿是这石滩上的一颗小小的石头，是这首音乐中一个小小的音符，以我有限的生命和美丽的工作，去永远和谐这天地、自然、社会、人的流动的音乐！

云塔山

已经到了高山，弥漫的云雾一散开，高山上竟然还有高山。那个下午我在云塔山第一次体验到了什么叫出世，于是我望着山尖上的那间屋舍，当然我的帽子就掉了，说：那就是道观吗？

穿过了无数的岩角和石嘴，终于站在了那个廊楼下，石砖的台阶几乎都直立了。手脚并用着往上爬吧，爬得战战兢兢的，云就赶了来，我是在云里了，没有了惊恐，别人却在下边说我是见首不见尾。总算上去了，顶上也就是四五平方米的地方，屋舍的墙尽边尽岩，里边只有一张条案，条案上坐着泥身的神，在给我微笑，而旁边站一道士，说：你来了！我便在门口行朝拜礼。我没有带供果和鲜花，在怀里掏，唯有一支心爱的笔，掏出来放在了神前，那一瞬间能感觉所有的东西都开始摇晃，像是在了梦里，记得磕头的时候，脚是紧紧地蹬着那门槛。

我问：为什么要把道观盖在这里呢？

道士说：你不觉得在天上吗？

是在天上。我看见了太阳，像金冠一样就在身子西边，伸手便能抚到。一棵白皮松长在石壁上，你不知道它怎么就能长在石壁上，那是看得见的风的形状。屋檐还吊着一个铁片，并没有什么撞叩，却自鸣出一种韵音。香炉里一股青烟在端端生长。门边靠着的是一把笤帚，那是扫云用的。

从道观下来，我并没有再坐车从前山的来路返回，而是绕到后山沿小路而下。后山阴暗，到处是锐齿栎、粗榧、鹅耳枥和刺楸树，全都斜着长。能听到繁复的鸟叫，也偶尔看到有獾有獐子和黄羊奔跑，还有蛇。而到了谷底，那里就是村子，狗叫得很厉害，有个妇女在哭，同时围观了许多人，原来是飞鼠吃掉了她家的鸡。这里产石斛，也就有了以石斛为生的飞鼠。鼠本来是鼠，又有了狼的凶狠，一些就成了黄鼠狼子，一些则嫉妒着鹰，就长出一条长毛尾，能在半空中飞翔十几丈，常常要扑食人家的鸡。

路边有了一种草，叶子肥厚，顶着一粒红珠，我去摘，旁边人说：这是山虎草，有毒的，牛吃了即死。远远的场畔上是卧着了一头牛，还有人赶了一群羊过来。我有些不解，牛和羊都是吃草的，并不是掠食者，怎么还长着犄角？

一个有月亮的渡口

在商州的山里，我跋涉了好多天，因为所谓的“事业”，还一直在向深处走。“鸡声茅店月，人迹板桥霜”，身心已经是十二分地疲倦，怨恨人世上的路竟这么漫长，几十里，几十里，走起来又如此地艰难呢！且喜的是月亮夜夜在跟随着我，我上山，它也上山，我下沟，它也下沟，它是我的伙伴，才使难熬的旅途不至于太孤单、太凄凉了。

一日，我走到丹江的一个岸口，已经是下午的四点，懒散在一片乱石之中，将鞋儿、袜儿全部脱去，仰身倒下去痴痴地看那天的一个狭长的空白。这时候，一仄头，蓦地就看见黑黑的一片云幕上，月亮又出现了：上弦的，清清白白，比往日略略细了些，又长了些。啊，可爱的月，艰辛的旅途也使你瘦得多了，今日是古历的十五，你怎么还没有满圆呢？

“啊，月亮升得这么早！”

"它永远都在那个地方呢！"

说话的是从我身边走过的一位山民；我疑惑地坐起来，细细看时，脸就发烧了。原来这月亮并不在天上，而实实在在是嵌在山上的。江面是想象不来的狭窄，在这三角形状的岸边，三面的山峰却是那样的高，最陡最陡的南岸崖壁似乎是插着的一扇顶天立地的门板，就在那三分之二的地方，崖壁凹进一个穴窟，出奇地竟是白色，俨然一柄破云而出的弯月了。

"这是什么地方？"我急急地问。

"月亮湾渡口。"

渡口，又这么神话般的名字，我禁不住又喜欢起来了。沿丹江下来，还没有遇见过正正经经的渡口；早听人讲，丹江一带这荒野的山地，渡口不仅仅是为了摆渡，而是一个最好的安乐处，船只在这里停泊，旅人在这里食宿，物产在这里云集。这石崖上的月亮，便一定是随我走了多日的月亮，或许这里是它的窝巢，它是早早就奔这里来了，回来在这里等着我了。

我住了下来。

渡口，山民们所夸道的繁华处，其实小得可怜。南岸和北岸的黑石崖上，用凿子凿出十级、二十级的台阶，便是入水口；每一个台阶，被水的侵蚀呈现出每一种颜色。山根下的树丫上架着泥土和草根，甚至还有碗口大的石头，显示着江水暴溢的高度。一只船也仅仅是这一只船，没有舱房，也没有桅杆，一件湿淋淋的衣服用竹竿撑在那里晾晒，像是一面小小的旗子。两岸的石嘴上拉紧了一条粗粗的铁线，控制着船的往来。一条公路在这里截断，南来的汽车停在南岸，北来的汽车停在北岸，旅客们须在这里吃饭休息，方调换着坐车而去。北岸的山腰上就有了一片房子，房子的主人都是些山民，又都是些店员，家家开有旅社饭店。一家与一家的联系，就是那凿出的石阶路。屋基沿着一处石坎筑起，而再垒几个石柱儿一直到门框下，架上木板，这便是唯一的出路了。白日里，江面的水气浮动着，波色水影投映在每所房子的石墙上，幻化出瞬息万变的银光。一到夜里，江水的潮气浸了石墙，房子的灯光却一道一道从窗口铺展到江心，像是醉汉在那里朦朦胧胧蹒跚不已了。

我住下了两天，尽量将息着自己的疲倦，每每黄昏时分，就双手支着脑袋从窗口往江面看。南北调换的班车早已开走了，他们将大把的钱币放在各家的柜台上，将粪便拉在茅房里，定时的热闹过去了，渡口上又处于一种死一般的寂静。各家的主人都蹲在门口，悠悠地吸烟，店门却是不关的，灶口的火也是不熄的，他们在等待着从四面八方来赶明日班车的客人，更是在等待着从丹江上游撑柴排而来的水手们，这些人才真是他们的财神爷。果然，峡谷里开始有了一种嗡嗡嘤嘤的声音，有人便锐声叫道：柴排下来了！不一会儿，那山弯后的江面上就出现无数的黑点，渐渐大了，是一溜一串的柴排。这全是些下游的河南人，两天前逆江而上，在深山里砍了柴火，扎成排顺江而下，要在这里住上一夜，第二天再撑回山外去的。撑排人就大声吆喝着，将柴排斜斜地靠了岸，用一条葛条在岸上的石头上系了，就披着夹袄跳下排，提着空酒葫芦上山来了。

我太是迷恋了这个渡口，每天看着班车开来了，又开走了，下午柴排停泊了，第二天醒来江面又一片空白；后来就十分欣赏起渡口的云雾了。这简直是奇迹一般，早晨里，那水雾特别大，先是从江边往上袅袅，接着就化开来，虚幻了江岸的石崖，再往上，那门板一样的南崖壁就看不见了，唯有那石月白亮亮地显出来，似乎已经在移动了。当太阳出来的时候，峡谷里立即变成各种形态不一的光的棱角，以山尖为界，有阳光的是白的棱角，没太阳的是黑的棱角。直到正午，一切又都化作乌有。而近傍晚，从江面上却要升腾起一种蓝色火焰一样的蒸汽。这时候，停泊在渡口的大船一摆渡，平静的江里看得见船的吃水的部分，水波抖起来，出现缓缓地失去平衡的波动，那两岸系着的柴排就一起一伏，无声地晃动。我最注意的是此时江心中的那个石月的倒影，它竟静静地沉在水里，撑排人总是划着排追逐着它，上水和下水的地方，几乎同时有好多人在喊着：月亮在这儿！月亮在这儿！

是的，月亮是在这儿，我在这里停歇下来了，它也在这里停歇下来了，日日夜夜，一推开窗子，它就在我的眼中了。看着月亮，我想起了千里之外的家，想起了家中的娇妻弱女，我后悔我为什么要跑这么远的路程？我又是多么感激起这个渡口了，竟使我懂得了疲倦，懂得了安谧！

但是，店主人已经是第三次地催我走了。

“懒虫！”她说，“还没见过你这样的人呢！我们这里是过路店，可不是疗养所啊，你是要来招女婿？”

我脸红红的。我也明白了她的意思：在这个村子里，山坡最上的那一家，有一个漂亮的女子，专卖酒和烟的，但却不开旅社留客。她爹是一个盲人，每天却比有眼睛的还精灵，可以从那仄仄的石阶路上走到江边舀水，到屋后坡上抱柴，卖酒的时候，又偏要端坐在酒柜台后，用全是白的眼睛盯着一个地方。那女子招呼着打酒，声音脆脆的，客人常就端了酒碗在她家一口一口地喝，邀她喝，她也喝，邀她打扑克，她也打，大声说笑，当客人们偷眼儿看她的时候，她会大着胆子用亮亮的眼睛对视，便使客人们再不敢有什么心思了。她家每天卖出的酒最多，但并没有引出不光彩的事来。我曾和我的店主人说起她，她说这女子能掌握住人，尤其是男人，是当将军的材料，至少可以当个领导。

“瞧你这样子，能占了她的便宜吗？收了那份心吧！”

店主人不时戏谑着我，我感到了厌烦，只好搬出她家，又住在另一家店去了。

夜里，又是一群撑排人上了山，歇在了隔壁那家的旅社里，他们是一群年纪不大也不小，相貌不美也不丑的男人。一进那旅社里，就大声吵闹着喝酒；乘着酒兴，话说得又特别多，谈这次进山的奇遇，谈水路上的风险，有的就骂起来，说他们的腰疼、腿疼，这山上、水上的活计就不是人干的。末了，是醉了，又哭又笑，满口的粗话，接着是吐字不清的喃喃，渐渐响起打雷一般的鼾声了。

我却没有睡着，想这些撑排人，在他们的经历中，一定是有着不可描述的艰辛：野兽的侵犯，山林的滚坡，江水的颠簸，还有那风吹雨淋，挨饥受饿……他们是劳力者，生命是在和自然的搏斗中运动。而我，为了所谓的“事业”，在无休无止的斗争中和噩梦般的生活旋涡里沉浮……我们都是十分疲倦了的人，汇集在丹江的一个渡口上，凭着渡口的旅社，做着一种身心的偷闲，凭着渡口旅社的酒，消磨着这征途的时光，加速着如此漫长的人生。但愿他们今夜睡得安稳，做一个好梦，也但愿我再不被噩梦惊醒，睡得十分香甜吧。

但是，天未明的时候，一阵粗野的喊声从江边传来：

“王来子，快起来吧！人家排都撑走了，你还睡不死吗？那床上有你老婆吗？”

隔壁的旅社窗子开了，有了回答声：

“你催命吗？天还早哩，急着去丹江口漂尸吗？这儿多好的地方！”

“再好，是久待的地方？！你要死在这儿，就不叫你走了！”

隔壁的王来子一边小声骂着把扣子扣歪了，又嘟囔着去那家女子酒店敲门。江下又喊了：

“你还丢心不下那小娘儿吗？你个没皮没脸的东西！”

“我去打些酒。”

“河里的鱼再大，也没有碗里的小鱼好啊，不要脸的来子！”

他们互相骂着下到江里了。水雾中，各人解开了柴排上的葛条系绳，跳了上去，一声叫喊，十个八个柴排连成一起向江下撑去。到了渡口下的转弯地方，河水翻着白浪，两岸礁石嶙嶙，柴排开始左冲右撞起来，他们手忙脚乱，叫喊着：向左！向右！竹篙便点，柴排一会儿浮起老高，一会儿落得很低，叫喊声就轰轰地在峡谷里回响。看着那有如此力量去奋争，有力量去上路的柴排和撑排人，我突然理解了他们：他们或许不是英雄，却实实在在地不是一群无聊的酒鬼，在这条江上，风风雨雨使他们有了强硬的身骨，也同时有了一股雄壮的气魄，他们是一群生活的真正强者。那柴排的一路远去和叫喊声的沉沉传来，充满了多么生动的节奏和高雅的乐趣啊！而顿时感到了自己内心的一种若有所失的空虚。

我呆呆地趴在窗口上，一抬头，又看见那石壁上的月亮了。月亮还在那里，一个清清白白的上弦。噢，当我出发到商州来的时候，月亮是半圆的，走了这么多的日子，在这里又待了这么长的时间，它还是这个半圆，它难道是死去了吗？月有阴晴圆缺，由圆到缺由缺到圆，一天一天更新着世界的内容，难道它现在终止了时间的进速，永远给我的将不是一个满圆吗？！

吃过早饭，我走掉了。

不是沿着来路返回，而是开始了向着海一般深的山中又走我的路了。心里在说：在商州的丹江，一个有月亮的渡口，一个年轻人真正懂得了渡口：它是人在艰难困苦的旅途上的一次短暂的停歇，但短暂的停歇是为了更快地进行新的远征。

在二郎镇

二郎镇在赤水河的这边，习酒镇在赤水河的那边，都是盆地的一半，外边有岩，河壁赭红，都是斜坡而上，像是剖开的一个苹果，风水上称作大阴的地方。大阴为众妙之门，坤厚载物，品为咸亨，只可惜河这边是四川，河那边是贵州，据说习酒镇的习酒已被茅台收购，二郎镇的郎酒就只能占半壁江山。但这已经是很够了。

我是二〇一〇年的十月去的二郎镇，因为喝过很多郎酒，想看看它的出处。如果说赤水是上天设计的一条美酒河，那泸州、宜宾、古蔺、仁怀、遵义这个三角地带就该是中国人的酒窖了。可我绝没有想到二郎镇就在大山深处，从成都坐车过去竟然要八个小时，倒像是去朝圣一般。

那天是从二郎滩上岸到镇上的，其实有什么滩呢，山下就是河，河上就是山，多亏了一座桥，没桥的时候船可能便要系在镇街口的黄桷树上。进镇当然得先走老街，想不到的这里竟是当年红军二渡四渡赤水住过的地方。街是一条一条石板铺成的台阶往山上去，像是搭了梯子要登天，房屋也就沿着街路随形而筑，或高或低，忽正忽侧，扑散开来。石条走着走着便没有了，正迷糊，一转过墙角，路又出路了，还分岔道往各处。这些房屋已经不再住人，挂牌标明着某一家曾经是红军指挥所，某一家是医院，用酒给伤员消毒。二郎镇还有这么红色的历史，这些房子成了文物，也许再过二三十年，这个镇子作为郎酒生产地，会不会又成为中国白酒的文物呢？

四川的天总是阴的，街路爬到三分之一，又下起了雨。那算什么雨呢，雨在半空里就燃烧了一样，成为雾和粉。我低头数着脚下的石板，石板上竟然是一种云的纹线，看每一块石板，都是云纹，一时倒感觉，我站在了云上，有着晃晃悠悠。太喜欢这种地势局面，就瞧着雨里一树什么花开了，花下还卧着一只小狗，但它始终不叫，招之也不来。

登上老街的最高处，新镇街就在眼前了，像突然进了宝藏地，光华一片，那蓝瓦白墙的楼房密匝匝拥簇在一大片洼地里，成排成队的车间从河岸畔上一直到了远处的岩下，盘旋的路面在其中时隐时现。古旧的老街和现代化的厂区反差巨大而共存一体，使我感慨万千。才坐在一家门口的石头上歇脚，猛地还闻到了一股酒香，朝那家门里看那个老头在喝酒吗，老头并没有喝酒呀，才醒悟二郎镇的空气里原本就是一股酒味。和老头闲扯起来，才知道二郎镇上各家各户都有人在郎酒厂上班，他两个儿子一个在酿造车间，一个在包装中心，还有一个女儿却在北京工作。他说：你是北京来的吗？我说我不是北京的。他就说他女儿接他在北京住了一个月，刚回来不久。我说：那怎么不多待些日子呢，北京多好啊！他说：北京好是好，就是太偏远了！我哈哈大笑，老头并不明白我在笑什么，问我喝酒不，便进屋提了酒壶出来。别的地方招呼人喝水，二郎镇的人招呼人就是喝酒。我说我不喝了，吸吸这里的空气都醉了，就皱着鼻子使劲闻。旁边的猪，还有三只鸡都站着不动，张了嘴，好像在吸气，那一棵树，树叶亮晶晶的，无风而浮动，也全然是一副微醉的样子。

在二郎镇的几天里，我一直在想，中国人太能酿造白酒了。就以我故乡来说，几乎家家每年都要做酒，有高粱酒、米酒、苞谷酒、甘蔗酒、红薯酒，可为什么二郎镇的白酒就这么有名，年销量竟超过五十亿元，还计划着二〇一二年实现一百亿的目标？水好当然是第一要素，那么，还有什么呢？在与酒厂的工程师们座谈的时候，他们讲了一个有趣的现象，曾经想在交通方便的地方建厂酿酒，可新厂建成后，无论怎么努力，产的酒就不如在这里产的口味好。经过严格的科学考证，得出的结论是，这里地处亚热带，气候温湿，水量充沛，常年温差、昼夜温差小，而日照时间又长，这样就特别适合空气中的微生物和古窖池群中微生物共同构成立体的微生物群落。对于这样的考证，我是相信的，一方水土养一方人和物，在我的家乡十里风俗不同，五里腔调就变，川道里的米特别有味，山地里的苞谷就是吃着香。二郎镇合该是酿酒宝地，除了得天独厚的地理环境，它也有其更为特别的酿造工艺，这不是工程师讲的，而是街上一个杂货店的老板告诉我，他们镇上酿酒的历史可久了，从汉代的“枸酱酒”，宋朝的“凤曲法酒”，“集义糟房”的“回沙郎酒”，至今天的“红花郎”“青花郎”，从来都强调天人合一、阴阳调和，讲究端午踩曲、重阳下沙，发酵时要前缓、中挺、后缓落，整整一年的生产周期里，得九次蒸煮，八次加曲，八次堆积糖化，八次入池发酵，七次取酒，三年陈储呀。一个商店老板讲得如此头头是道，我笑着说：你真会宣传！他说：这哪是宣传，二郎镇的人谁不知道呀？！

郎酒的酿造，酿造出了哲学，工序又是如此复杂，可惜我不能在二郎镇待得太久，去看他们具体的操作，我能去看的就只有去赤水河看水和去天宝洞看储藏了。

赤水河其实并不大，只是峡谷深，水清冽。在那个古盐道渡口，我看到了最奇怪的岸脚巉岩，那些岩石没一块是平整的，坑坑洼洼，峥峥楞楞，又全是白色，正如一位诗人所说，白是盐的颜色，白是水中燃起的火焰瞬间凝固，是一种死掉的光芒。我是坐了小船划向对岸，摇摇晃晃，不忍心把手里的树叶遗在河中，也不敢用手去掬，怕手脏了那水，就是这水酿了中国最美的白酒呀，这就是酒呀！一时却想，看那如火焰凝固的巉岩，才明白酒为什么是水又是火哩。登上对岸，山坡上有一块石碑，记载着这个渡口的历史。原来这里是古川盐入黔的要道之一，自贡的井盐船经泸州顺流下至合江，再从合江经赤水河逆流到了这里，背夫要将货物背到马桑坪上船运到茅台。那时的二郎镇盐号三十家，每日背盐过山的背夫不下两千人。正是盐业运输，促进了当地的酒业发展，赤水河的酒才流通到了各地。看着挂在半山腰的崎岖小路，那是盐道也是酒道啊。盐是人生命中不可或缺的东西，而酒呢，不论郎酒还是茅台，都是这赤水河所酿的，中国人谁没喝过呢？

看天宝洞的那天，雨是不下了，天依然阴着，远远望着那蜈蚣岩甚是惊讶，整个山体分明就是一座座酒坊嘛。走进去，天宝洞就在岩下，洞外青树集匝，绿草繁密，风怀其中，鸟鸣不绝。洞口上天然形成一个龙头，龙身的脊纹竟一直布满在洞顶壁上。天下的酒能储藏在这么大的溶洞里闻所未闻，而这溶洞又如此奇特令人叹为观止。洞内储土制陶坛万余口，基酒数万吨，排列整齐，阵式宏伟。以溶洞储酒，为的是方便和省却库房建设吗，引导我的人说你看看洞壁吧，洞里光线灰暗，拿着手电照了，洞壁的四周全是厚厚的一层苔，再看看所有的酒坛上，也都是毛茸茸的。引导人告诉说，这就是酒苔，只有在溶洞里才有这样的酒苔，正是这些酒苔之菌生生不息，和储存的酒形成完整的生物链，才使郎酒的醇化、生香有了神奇的指数，成为白酒中的酱香典范。这简直是神话一般的美妙啊，不管天宝洞是不是偶然发现，在洞里储酒是不是意想不到的效果，而二郎镇偏就有此溶洞，在洞里储酒偏就有了区别于他酒的醇化、生香指数，一切都在说明着郎酒的神气，郎酒是神酒。

没来二郎镇，总觉得郎酒是美酒却名字起得怪怪的，来了二郎镇，才知道以地名而起，正如茅台镇产的叫茅台一样，是多么诚实和朴素。大凡好的东西都是素面朝天直达品格的吧，茅台和郎酒它们就是以偏僻之地、朴素之名而成为国酒。中国在世界上曾被称为瓷国、丝绸国、茶国，其实更应称之为白酒国，那么，白酒金三角区域是中国白酒的精华所在，而二郎镇，将和茅台镇一样应该是天下名镇了。当我离开二郎镇的那个早晨，立在赤水河的桥上回头看着镇子，又想起了那个老头的话，是的，老头的话说得好啊，站在这里，北京是偏远的，上海是偏远的，所有的地方都是偏远的。

忙人——游青城山

本来是一座青山，偏要叫作青城，明明是在城里住厌烦了，到这里寻清静的，适心的，又不忘墙壁横竖的城。站在山口一看到丈人峰就喊：这真像大城门楼！一到古常道观就惊呼：城中之城，这是皇城嘛！再就是从各条路上到呼应亭，证明道路曲弯如天津。再就是寻四方峰峦论证环拱似西安城墙。旅完了，游尽了，果然体验到这是一座城，不同的则是青幽罢了。

当然，所有的人并不是为寻城而来，有的听说青城山好，就到青城山来；到了山里要爬坡就爬坡，那条蜿蜒的山径上更人多如蚁。上去的腰都弓起，下去的肚皆挺凸，嘴一律张着，臭汗淋漓。径边的树木一片青绿，人肌发也为之青绿，恍惚间，满山的树也似乎是人，径上的人也是树了。上去的上到呼应亭，无路可走了，说“下山吧”，就下山。问游后的收获，回答是：“好累哟。”

在一座八角飞翘的亭子里，有的游人坐了进去，惊讶亭子半倚了山半悬着空，看一阵栏下涌涌的飞云，喊几声，听听轰轰的回音，突然间，觉得“观景不如听景”，很无事可做，很无聊。这时候年纪幼小的报贩竟在山头叫卖，报虽是新报，但价钱极贵。买一张来，立即又被社论吸引，几个人为社论中的几个字的新提法而争论：这是什么意思，预示着什么动向，其新提法的背景是什么。于是振奋的振奋，疑惑的疑惑，忧郁的就闷闷不乐。

手持着大幅风光照的个体摄影户，肩扛着长竹花布的滑竿的脚夫们，穿梭于每一个游客的面前，一边盯着游客腰带上的钱袋，一边要求拍照和坐游，其讨厌如苍蝇。回绝了一个，又来一个，差不多已经说过五十句“不”了，最后就发怒起来，骂一声：“滚开！”

几乎是所有游人的秉性，走到一块怪样的石头前，就在石头上写字，走到一株奇异的树下，就在树身上刻字，连几页木板一张芦席搭成的厕所墙上也写了“××到此一游”。游人看游人的留言，看过了新的游人又写下新的留言，有的实在愤愤不平了，就在留言之前或之后再写上“狗屁不通”，又写上自己的名姓。

建福宫、天师洞、祖师殿、上清宫门里门外、阶上阶下已经挤满了人，拍照的争抢镜头，烧香的轮换着到龛前。连道士也变乐乎了，磬得不停地敲，经还要不停地诵，会医道的被围住看病，善玄术的被纠缠相面，而茶房的道士就要一个桌一个桌地沏茶、续水，指头蘸着唾沫数钱票。

终于有一处安静，那是孤孤的一座无名峰，如笋一般地出现在卧云亭的右侧，沉沉静静，痴痴呆呆，这一块大石头或无知无性，或许正看着身上的一群忙乱的蚂蚁在爬行，是看呆了。

但这无名峰人可望而不可即，它不在径边，是一座险峰。

走三边

往陕北远行，三千里路，云升云降，月圆月缺，旅途是辛苦的，过了金锁关，山便显得愈小，羊便见得更多，风头一日比似一日强硬，一日比似一日的思亲情绪全然涌上心头了。当黄昏里，一个人独独地走在沟壑梁上，东来西往的风扯锯般地吹，当月在中天，只身卧在小店的床上，听柴扉外蛐蛐忽鸣忽噤，便要翻那本塞外古诗，以为知音，是体会得最深最深的了。但我仍继续北上；三边，这是个多么逗人神思的神秘的地方啊。我知道，愈是好地方，愈是不容易去得；愈是去的人少了，愈是值得去一趟呢。

穿过延安，车子进入榆林地区，两天里，车在沟底里钻，七拐八拐的，光看见那黄天冷漠，黄山发呆，车像是一只小爬虫儿，似乎永远也无法钻出这黄的颜色了。第三天，偶尔看见山头上有了树，是绿的或者是黄的，或者是红的，高高地衬在云天，像天地间突然涌出了一轮太阳，像战地上蓦地打出了一发信号弹，猜想水土异样，三边该是到了，但车又走了半天，还不肯停。杨树倒是多起来，陕南的杨树长在河边，这里的杨树却高高在上，这便称奇。九月天里树叶全都泛黄，黄得又不纯，透了红的属黄红，透了绿的属黄绿，天生的颜色，天工的浓淡，这又是奇了。且那山的幅度明显大起来，沟却深极深极，三两步的宽窄，一直二十丈三十丈地下去，底里就是一指宽的水条子，亮亮的。

路边偶尔就有人家了，独户一院，三户一簇，前墙单薄，山墙单薄，顶上微斜，不砖不瓦，用泥抹了，活脱脱一个个发大了的火柴匣子呢。路边的土壁，用镢头一下下挖成，表面再凿成鱼鳞状的纹、人字形的纹，全然发黑的，纹里生苔，千年万年而不倒了。有村子就有饭店，除了羊肉还是羊肉，常瞧见有人捧了一个煮熟的羊头啃得嘴上是油，脸上是油。老头子的，披了羊皮袄袄，摇摇晃晃，提一副羊肠子，沿沟畔下到河边去洗，三四丈长的下水玩意儿，在胳膊上像框线一样打着结。五只六只的肥狗竟无聊地围了车子撒欢，汪汪叫，四山一片空音。

三边还没到吗？山头变得更小了，也更矮了，末了就缓缓平仄了，像瘫了软了下去。几天几夜的山的压抑，使人几乎缩小了很多，猛一出山，车在路上快得蹦跶，但很快风大起来，沾身就是一层鸡皮疙瘩。这是个什么地方呢？这么开阔，天看不到边，地看不到沿，一满黄沙；这儿，那儿，起落着无数的小洼小包，可以说是哗啦铺下的一张大毯，并未确实，似乎往包上踩踩，包就下去，洼就起来了。草很少，树更没有了，天和地是一个颜色，并行向前延伸着是两张黏合的胶布，车的行驶才将它们分开。路端端的，却软得厉害，风一过，就窜一条尘烟。只是风沙旋转着往车上打，关了车窗，仍听见沙石在玻璃上叮叮咣咣作响。

到了定边，天已擦黑，城外三里便进了绿的世界，要不是赶驴人提醒，谁能想到这不是树林子而是一座县城呢？于是得知，在这三边，有一丛树，便有一户人家，有一座树林，就该是镇子或是县城了；原来天和地平行，树和人同长，这便是三边的特点了。林子里的路已铺了柏油，无风无沙，落叶满地，在路边的沙窝子里积着堆儿，扫柴人一抓一把，动作犹如舞蹈。两边渐渐有了屋舍，虽也是火柴匣子的形状，但毕竟清洁可爱，门窗直对屋顶，更为讲究，格棂漆蓝，贴纸黄、红、绿、白，上有窗花，飞禽走兽，花鸟鱼虫，千姿百态；窗子是房子的眼，透眼一看，主人的家景、主人的心境便楚楚了然了。街道出奇地宽，家家院落大能作球场，这使善于拥挤的大城市的人如何能想象，假设有盲人来到这里，用不着探路棍儿，也不会撞了壁的。从街面向每一条巷道望去，青瓦瓦一色，再一留神，才发现全县城每一块地面，沙土全不裸露，一律被青砖铺了：正是这些有根系之树，这些有重量之砖，才在沙原上镇守住了这个县城吗？街上路灯已亮，人走动得极多，几天来很少见到人影，原来人都集中到这儿来了吧。男人差不多都戴了卫生帽，脸是黑的，帽子是白的，黑白反衬；女人却全束着长发，瘦脸光洁，发是黑的，脸是白的，也是黑白反衬。似乎这里一切都十分安逸、平静，外地人一来，立刻就被所有人发觉了，她们全要妩媚而大胆地瞅着，在灯影下指指点点地议论，你刚一注意，便噤了口舌，才一掉头，就又嘎然大笑。茫茫边塞，漠漠沙原，竟有这么个城，城里有城墙，有门洞，有钟楼，有鼓楼，城里的人又水色，又风雅，爽而不野，媚而不俗，一时使外人如进了天上仙地，温柔之乡，竟忘了去投宿，也不卸行囊，便沿街乐而漫游了。

走到十字街心，人头攒涌，路塞而不能前行，原来一家戏院正散了戏，问声："什么戏？"答曰："秦腔。"一句秦腔，倍感亲切，一时大梦初醒，才知这里并非异地，走来走去，还在陕西。我有一癖性，大凡到了一地，总喜欢听听本地戏文，因为地方戏剧最易于表现当地的风土人情。但听听别的戏文，仅仅是了解罢了，秦腔却使我立即缩短了与陌地陌人的距离。便当街立着，与他人攀谈，三边人竟男音雄而有韵，女音秀而有骨，三言两语，熟若知己。说话间，见无数只狗在街里窜钻，吓得不敢走动，旁有解释说，这里家家养狗，体肥性凶，但一般却不伤人；晚上主人看戏，狗尾随而来，故街上到处可见了。

我先到西南角的白于山区去，河流下切的河槽上、陡崖上，砂岩露出，这便是整个三边出石头的地方了。除此以外，到处是黄土、黄土，除了黄土，还是黄土。站在沟壑处，便见山峰连续，站在坡上，却原来一切都被洪水切裂了，一眼望去，浑圆的丘峰，混混的，沌沌的，重叠交错。千沟万壑又显得支离破碎，分割成一小块一小块的地面，这便是有了涧、川、塬、梁、峁、岔、坪、台吗？正是这残存的梁、塬、台上，高粱火红，糜子金黄。此时正逢收获，可惜这里不比关中平原，庄稼茂密如森林，农民而是跑着收割，收一把，夹在肘下，跑一垄，肘下夹一捆，广种薄收，偌大一块地，末了在地中只堆起五堆六堆，这便是好年景了呢。再往南走，那山更有了特点，多是土山戴沙，其气脉从沙迹而来，势颇平缓，亦有负石而出的，其势则峻急了。但那石头已不是坚硬的青色，而是赤褐，脚踢便松散，像未烧熟的砖坯。那人家就沿沟而居，陶室穴处，或在石崖、河底凿出石板架屋代瓦。衣裤穿那羊皮，烧柴山上砍蒿，饮水却到崖畔上去，那里是一个一个小窟，小如灯盏一般，水自盏出，渊渊声如鼓，水虽不大，聚潭清澈可见底，味甘纯如露，最宜于烹茶，冬饮能暖肚，夏喝而祛暑。更有趣的是山壁上多有打儿窝：窝小小的，高高在上，立崖下往上丢石，石进之求子辄应。我在那里住了一夜，主人十分好客，做了荞面疙瘩，熬了羊肉腥汤，彻夜一家老少盘脚坐炕，喝酒儿，唱曲儿。天明要走，特去那打儿窝丢石，可连丢五次未中，主人倒很难堪，不住替我安慰，我虽求儿不至，但以此而乐，已是十二分地满足了。告别主人回返，行至十里，正是腹饥口渴，忽听哪儿有唢呐，声声远韵。循声寻去，沟洼有了人家娶亲，新人正拜堂，院中十二支唢呐吹天吹地。见我路过，一哇声顺心喊着，邀到上席，说是省城客人，正好添喜。于是，主人敬酒，新郎敬酒，新娘敬酒，每敬必三杯，杯杯见底。

走了丘壑地，又上牧草滩。这里比不得前日的艰辛，一马平川，便租得自行车，终日走乡穿村落得自在。早上，草原日出，比海上日出更为可观，直奔红日驶去，偶一侧头，便见蜿蜒长城，长城那边，沙丘连绵，免不了感叹：难得一道长城，昔日挡敌寇，今日拒风沙。间或还会遇到一些河流的，但都可怜见的，流程短，又愈流愈小，末了就积水于洼穴，不涸者为湖，涸了的为坑。车上稍走个神，就骑进草里，车倒了，人也倒了，软软的不疼。站起来，草没了膝盖，远远看着有了羊群，白云似的飘，却忽然不见了，等着风起，草木倒伏，那羊群又复出现。羊是百十头，头羊领着，时而散开，时而集中。我觉得好玩，便去捉弄那长角头羊耍玩，只说羊是世上最温顺的动物，没想竟发起怒来，直向我抵。牧童叫我就地睡倒，我照办了，那头羊见我倒地，以为我死了，便昂首得意而去。问牧童，这里的羊这么凶恶？他冲我一笑，只是领我又走了一段，遇见另一群羊，一声吆喝，两群羊就肃然对阵，头羊出场，怒目而视，良久，几乎同时各自向后退十多米远，猛地冲去，嘭，两头相撞，角也折了，皮肤也破了，仍争斗不已。我不禁胆战心惊，庆幸刚才装死，要不，哪是羊的对手呢？这么得了教训，再遇见羊，不敢妄动。但有一日，又看到好大两群羊在那里啃草，却不见牧羊人，正要呼叫，远远飘来嘻嘻笑声，左右看时，前边的一丛沙柳，无风而摇得厉害，便见有了两个人影，一个蓝衣，一个红衣，相依相偎。我知道这是一对恋人了，爱情最忌外人，就悄然退走，走出二里地，终于忍不住回头一望，那少男少女已经分开，各站在白云似的羊群中，招手对笑，接着就对唱起来了：

大红果果剥皮皮，

大家都说我和你；

其实咱们没有那回事，

好人担了个赖名誉。

道是无情却有情，爱情是这么热烈，又是这么纯朴。遥想那大城市的公园，一张石凳紧坐三对恋人，话不敢高说，笑不敢放纵，那情，那景，如何有这里的浪漫情趣呢？我一时激动，使劲蹬动车子，驶到了莽草中的一个平坝子上，坝子上草是浅了，但绿却来得嫩，花也开得艳，实在是一个天然的大足球场，又想起大城市为了办足球场，移土填面，松地植草，原来是那么的可怜而可笑了。越想越乐，车如奔马，似乎觉得自行车前轮如日，后轮如月，威威乎，当当乎，该是世上见识最广、气派最大的人物了。

但是乐极生悲，天近黄昏，竟迷了方向，又一时风声大作，草木皆伏，我大声呼喊，嘴一张，风便灌满，喊声连自己也听不到。惊恐之际，蓦地远处有了灯光，落魂失魄地赶去，果然有了人家。进去讨了吃喝，一打问，这里竟是盐场。盐场？我反复问了几句，主人讲，这里的盐场可大了，年产几十万吨，况且类似这么大的盐场，三边共有十多处；他们这一带人，人人会捞盐，每年二三月开捞，至八九月止，如今捞盐时令已过，他们就放牧或是采甘草。说着就送我一捆甘草，其茎粗，其根长，为我从未见过，嚼之，甜赛甘蔗。其中有一种叫铁心甘草的，全株竟是朱红，折之，质坚如木，也还有一种叫“大郎头”的，直径甚至达一寸五，一株便一斤三两。这一夜真可谓乐极端生悲，又否极泰来，虽然未能去看看那盐场，但得了甘草又得了知识，美哉乐哉。天明要走，主人又杀了羔羊，这羔羊十四五斤，浑身雪白，顺着将毛儿用手一撮，四指不见头，吹吹，其毛根根九道曲弯。这就是中外有名的“二毛皮”了，此等皮毛以往只听说过，至今见到，爱不释手。实想买得一张，又难为开口，但却开了口福，羔羊肉鲜美异常，大海碗的羊肉泡馍馍，一连吃过三碗，生日忘了，命儿忘了，心想神仙日子，也莫过如此了。

在定边待了几日，就新结识了几位伙伴，他们视我如兄弟，主动提出做我的向导，要往北边的沙漠里去走走。“一定要去看看，那又是另一个世界呢。”兴趣撩拨，就三人越过了长城，徒步往北行。沙地上，行走委实更艰难了，太阳暴晒，阳光反射在地上，白花花的，直刺得眼睛发疼。脚下越走越沉，正应了走一步退半步之说，立时浑身就汗水淋淋。沙丘皆是东西坐向，带状排列，望之如海中浪涛，其波峰波谷，起起伏伏，似有了节奏。每一沙碛，低者三米，高者十米八米不限，沙细如面，掬之便从指缝流漏。沙丘过去，又是成片的盐碱地，树木是不长的，只可怜巴巴生些盐蒿。一把蒿守着一抔土，渐渐便成了一个小包，均匀得像种的菜蔬。再往后却又是沙丘，但已经植了树：沙柳、红柳、小叶杨、沙枣。生态竟是这么平衡：沙盖了盐碱，树又守住了流沙。

再往沙地深处去，已不知走了多少里，树林子便越发密了。叶子全金黄了，透过金黄色过去，便看见里边又是白亮亮的沙丘。谁知刚刚走了二十分钟，前边竟是一个不大不小的湖，伙伴们才哄地笑了，笑得诡谲，也笑得得意，便去捡柴舀水，做起野餐来。我兀自到湖边去看，湖水没源无口，我不知道这沙地里的水是从哪里来的，又怎么没在沙地里漏掉？！掬一口尝尝，甘甜清凉，立时肘下津津生风。静观水面，就有了唼唼鱼声，但湖水绿得沉重，终未看见那鱼的模样。倏忽又有了啾啾鸟鸣，才醒悟这一整天来，还未见过鸟影，原来沙地的鸟全快活在水边树丛中了。突然，那鸟惊起，满天撒了黑点，瞬间无影无踪，才是四只五只鹞子飞来，黑色影子一般地到处出击。我不禁恨起这些鹞子来，怎么到什么地方，有善良，就必然要有了凶恶呢？一个人再往湖后的沙丘上爬去，那里有几株沙枣，枣子成熟，用脚一蹬树，枣子就哗哗地落下，并不红的，有沙一样的颜色，吃之，没汁，质如栗子，嚼嚼方酸味隐隐显有了。大多的沙丘已经被固定，圆墩墩的，压了道道沙柳，那沙纹便像妇人头上的发罩，均匀地网着。

三天过后，我们又信步走到一个镇落里，这个镇落显得很大，有回族人，有汉族人，分两片屋舍：一处汉族人，建筑分散中但有联络；一处回族人，建筑对仗里却见变化。伙伴讲，再往北去不远，还有蒙古族人哩。汉、回见得多了，蒙古族人还未见过，我便想改日往北边去。夜里在镇中学借宿，和一老教师说起蒙古族人，那老教师原来在那北边干过事，给我一个手抄本，上有关于蒙俗的描述，那上边记载多极，现在依稀记得这么一段：

> 三边地区蒙古族人，性刚强而心巧，专事畜牧，羊只尚少，马牛最多。当地亦产盐，每三两人驱牛数头，驮其盐，载布帐锅碗往来。昼意干糇，晚就道旁，有水草处卸鞍驮，撑帐支锅，取野薪自炊，其牛纵食原野，人披裘轮卧起，以犬护之，不花一钱。汉族人亦有效之。

读此书，方知三边地域竟是这么广大，民族竟是这么亲善，在远离省城，更是远离京都的边塞，保持了这般的宝地，令人有多少的感慨啊！但是，就在我们动身去蒙古族人居住的区域的时候，意外又得到消息：这个镇子在两日之后，便是汉、回、蒙一年一度的盛大交易会，便只好暂时取消北上的计划，只好将把蒙区访问作成千般儿万般儿美好想象罢了。

交易会，其场面可谓热闹，有北京王府井的拥挤，却比王府井更气势；有上海南京路的嘈杂，却比南京路更疯野。那一排一摆小吃，荞面拉条、豆面揪片、黄米干饭、羊肉粉汤，酸、辣、煎，五味俱全；那菜市上一筐一车，二尺长的白菜、淡黄的萝卜、乌紫的土豆、半人高的青葱，六色尽有；那农具市上的铜的挂铃、铁的镢、钢的锨，叮、咣、铿、锵，七音齐响。还有那骡马市上，千头万头高脚牲口，黄乎乎、黑压压偌大一片，蒙古族人在这里最为荣耀，骡马全头戴红缨，脖系铃铛，背披红毡，人声喧嚣，骡马鸣叫，气浪浮动得几里外便可听见。在羊肉市上，近乎一里长的木架上，羊肉整条挂着。更有买卖活羊的，卖主用两只腿夹住羊头，大声与买主议价。汉族人、回族人、蒙古族人似乎都极富有，买肉就买整条，买果就买整筐。末了就都涌进那菜馆酒馆，大块吃肉，大碗喝酒，直要闹到月上中天方散。在酒馆里，几句攀谈，我们便成了极熟的人，兴致高涨，开怀大饮，他们竟有几个人当下醉了。第二天坐车要离开，车已开动，有几个蒙古族人却拦住了车头，要我下来，我不知何事，倒吓了一跳。他们竟是从怀中掏出一瓶“西凤”，他们不服，特赶来要我喝。我哈哈一笑，感其豪爽，当场喝下两口，他们叫好，称我“朋友”，几番握手，互留地址，方放车通行。

半个月匆匆过去了，临走前两天，正好是阴历八月十五，夜里在长城根下一个村子吃了月饼、香梨，喝了花茶、葡萄酒，看了一阵房东大娘的剪窗花，兴致还未尽，便同房东小儿登长城望高。月光下，沙海泛亮，草原迷离，高高低低的长城，从脚下一头伸向天的东头，一头伸向天的西头，这伟大的建筑，从远古时候，一坐落在这里，沙再没有埋住，风再没有刮走，它给了沙漠之骨，沙漠也给了它的雄壮。如今烽火台没有了狼烟传递，但每一座台下，都住了人家，牛羊互往，亲戚走动。生着，在这大漠上添着活气；死了，隆起沙堆，又生起一堆绿色。一道长城，是连接千家万户的一条线，流动着不屈不挠的生命和新型的人与人关系的情感。玩到天明，晨曦里看见天地相接的地方，柳树林子长得好茂，那树都是桩干粗壮，一人多高，就截了顶，聚出密密的嫩枝，枝形呈圆，叶子全红了，像无数偌大的灯笼高高举着，似乎这天之光明，完全是这些灯笼照耀的。树林子前面，端端一柱白烟长上来了，走近去，是放蜂人燃的。这里还能放蜂，犹如春天里的一个童话！相坐攀谈，放蜂人来自江南，年年都来，来数月方去。他说外人以为三边无色无香，其实那是错了。“你瞧，绿的沙柳、红的盐蒿、粉的牛儿草、白的盐、黄的沙，这三边的土地是最有五颜六色，是最有香有甜的。”尝尝那蜜，果然上品，荔枝蜜没有它香醇，槐花蜜没有它味长。

告辞了放蜂人，突然之间，几天来混混沌沌的思想，沉淀的沉淀了，清亮的清亮了，一时觉得有角度来做我的文章了。往回边走边构思，眼光偏又盯住了一片一片不知名的荆棘，开着丸子一般大的白绒花团，顺枝而上的，如挂纸钱串，就地而生的，又如围起的花环。哦，我明白了，这类花的开放是对三边荒凉的送葬吗？是对三边的富有和美丽的礼赞吗？天黑回到村子，房东已为我准备好了送别酒菜，菜饱酒足，席上拉起了二胡。二胡的清韵又勾起了我思亲的幽情，仰望天上明月，不知今夜亲人们如何思念着我，可他们哪会知道今夕我在这里是多么欢乐啊！一时情起，书下一信，告诉说：明日我又要继续往北而去，只盼望什么时候了，我要和我的亲人、更多的朋友能一块再走走三边，那该又是何等美事呢。

我的故乡是商洛

人人都说故乡好。我也这么说，而且无论在什么时候什么地方，说起商洛，我都是两眼放光。这不仅出自生命的本能，更是我文学立身的全部。

商洛虽然是山区，站在这里，北京很偏远，上海很偏远。虽然比较贫穷，山和水以及阳光空气却纯净充裕。我总觉得，云是地的呼吸所形成的，人是从地缝里冒出的气。商洛在秦之头、楚之尾，秦岭上空的鸟是丹江里的鱼穿上了羽毛，丹江里的鱼是秦岭上空的脱了羽毛的鸟，它们是天地间最自在的。我就是从这块地里冒出来的一股气，幻变着形态和色彩。所以，我的人生观并不认为人到世上是来受苦的。如果是来受苦的，为什么世上的人口那么多，每一个人活着又不愿死去？人的一生是爱的圆满，起源于父母的爱，然后在世上受到太阳的光照、水的滋润、食物的供养，而同时传播和转化。这也就是所以每个人的天性里都有音乐、绘画、文学的才情的原因。正如哲人说过，当你看到一朵花而喜爱的时候，其实这朵花更喜欢你。人世上为什么有争斗、伤害、嫉恨、恐惧，是人来得太多、空间太少而产生的贪婪。也基于此，我们常说死亡是死者带走了一份病毒和疼痛，还活着的人应该感激他。

我爱商洛，觉得这里的山水草木飞禽走兽没有不可亲的。这里的人不爱为官，为民摆摊的、行乞的又都没有不是好人。在长达数十年的岁月中，商洛人去西安见我，我从来好烟好茶好脸好心地相待，不敢一丝怠慢，商洛人让我办事，我总是满口应允，四蹄跑着尽力而为。至今，我的胃仍然是洋芋糊汤的记忆，我的口音仍然是秦岭南坡的腔调。商洛也爱我，它让我几十年都在写它，它容忍我从各个角度去写它，素材是那么丰富，胸怀是那么宽阔。凡是我有了一点成绩，是商洛最先鼓掌，一旦我受到挫败，商洛总能给予慰藉。

我是商洛的一棵草木、一块石头、一只鸟、一只兔、一个萝卜、一个红薯，是商洛的品种，是商洛制造。

我在商洛生活了十九年后去的西安，二十世纪八十年代我曾三次大规模地游历了各县，几乎走遍了所有大小村镇，此后的几十年，每年仍十多次往返不断。自从去了西安，有了西安的角度，我更了解和理解了商洛，而始终站在商洛这个点上，去观察和认知着中国。这就是我人生的秘密，也就是我文学的秘密。

至今我写下千万文字，每一部作品里都有商洛的影子和痕迹。早年的《山地笔记》，后来的《商州三录》《浮躁》，再后的《废都》《妊娠》《高老庄》《怀念狼》，以及《秦腔》《高兴》《古炉》《带灯》和《老生》，那都是文学的商洛。其中大大小小的故事，原型有的就是商洛记录，也有原型不是商洛的，但熟悉商洛的人，都能从作品里读到商洛的某地山水物产风俗、人物的神气方言。我已经无法摆脱商洛，如同无法不呼吸一样，如同羊不能没有膻味一样。

凤楼常近日，鹤梦不离云。

我是欣赏荣格的话：文学的根本是表达集体无意识。我也欣赏生生不息这四个字。如果在生活里寻找到、能准确抓住集体无意识，这是我写作中最难最苦最用力的事。而在面对了原始具象，要把它写出来时，不能写得太熟太滑，如何求生求涩，这又是我万般警觉和小心的事。遗憾的是这两个方面我都做得不好。

人的一生实在是太短了，干不了几件事。当我选择了写作，就退化了别的生存功能，虽不敢懈怠，但自知器格简陋，才质单薄，无法达到我向往的境界，无法完成我追求的作品。别人或许是在建造故宅，我只是经营农家四合院。

我在书房悬挂了一块匾：待星可披。意思是什么时候星光才能照着我啊。而我能做到的就是在屋里安了一尊佛像和一尊土地神，佛法无边，可以惠泽众生，土地神则护守住我那房子和我的灵魂。

叁

● 处烦嚣而自立

佛事

五月二十九日天下大雨，有客从台湾来，自称姓陈，是三毛的朋友。一听说三毛，陌生客顿做亲近人；先生却立在那里只是说：“我送三毛的遗物到敦煌去，经过西安一定要来看看你。”

看看我？我望着先生，眼睛便有些涩了。先生既然是三毛的朋友，带了三毛的遗物去敦煌，冥冥之中，三毛的幽灵一定也是到了。我与先生素不相识，也无书信联系，这么大的雨，他从我的单位打问到我住的医院，偏偏我又从医院回来，他又冒雨寻来了。如此耐烦辛苦，活该是三毛的神使鬼差呢。

三毛，三毛，我轻声地叫起来了：“快让我瞧瞧！”等不及先生把一包东西放在桌上，我说，我要见三毛。

先生从一个大塑料包里往外掏，掏出一顶太阳帽来，说这是三毛生前一直戴着的；掏出一条发带，红色的，极有弹性，再是掏出一件水手裙。先生的声调沉下来，介绍这种裙子在台湾一般有些年纪的妇女是不大敢穿的，四十多岁的人，敢穿的恐怕只有三毛了。三毛性坦真，最不愿约束。报上发表的一张照片，是她在成都的街头，赤了脚坐在一家木板门面前，样子顽皮如小狗。三毛穿了这件水手裙走着，走着的是个性，走着潇洒。先生还在掏着，是一件棉织衫，三条棉织裤，全是白色的，上边似乎还残留着几点什么斑痕。“我没有带她的袜子。”

先生说，三毛是以长筒丝袜悬颈的，袜子对于我们都太刺激了。最后掏出来的是一色三毛十多年来一直喜欢用的西班牙产的餐纸，一瓶在沙漠上护肤的香水，一包美国香烟，淡味型的，硬纸盒里仅剩五支，明显地已经霉了。

从头到脚的穿戴，吃的用的小品，完整的一个三毛，出现在面前了。我久久地目视着，一句话也说不出来。我能说什么呢，物在人去，生命已不可复得。她的归宿是她选择的。她的选择应该是对的，潇洒而美丽，虽然对于读者是一种遗憾和痛惜。

我走向窗前，推开窗扇，檐前垂下的扯也扯不断那样的粗而白的雨。我喃喃起来，我并不自觉我说了些什么，是一句三毛你好，是一句阿弥陀佛？在场的我的妻子给我倒了一杯水，说我的脸色很可怕。

元月十六的清晨，三毛将最后的一封信，于亡日后第十二天寄给了我，信上写着五月份她是要来西安的。那时候，看过信的人都感到遗憾，三毛果然不食言，她真的在五月的最后的日子来到了！我虽然见到的不是她的真人，但以她的性格，和我的性格，这种心灵的交流，是最好的会见方式。

先生说，他居住的地方与三毛家很近。他常常去她那儿聊天，三毛在生前曾对他说过，死后她希望一半葬在台北，一半就留到浙江乡下的油菜田边，但自她去年十月到过了西北，主意改变，希望能葬在敦煌前的鸣沙山上，她说她把地点方位都选好了。

鸣沙山，三毛真会为她选地方。那里我是去过的。多么神奇的山，全然净沙堆成，千人万人旅游登临，白天里山是矮小的，夜里四面的风又将山吹高吹大，那沙的流动呈一层薄雾，美丽如佛的灵光，且五音齐鸣，仙乐动听。更是那山的脚下，有清澄幽静月牙湖，没源头，也没水口，千万年来日不能晒干，风也吹不走，相传在那里出过天马。鸣沙山，月牙湖，连同莫高窟构成了艺术最奇艳的风光。三毛要把自己的一半永远安住在那里，她懂得美，她懂得佛。

一生跑遍了世界，最后觉得最依恋的还是祖国的西北。鸣沙山可以重温到撒哈拉的故事，月牙湖可以浸润温柔的夜，喜欢音乐和绘画正好宜于在莫高窟。谁的一生活得如此美丽，死后又能选中这般地方浪漫？她是中国的作家，她的作品激动过海峡两岸无数的读者，她终于将自己的魂灵一半留在有日月潭的台北，一半遗给有月牙湖的西北。月亮从东到西，从西到东，清纯之光照着一个美丽的灵魂。美丽的灵魂使从东到西、从西到东的读者永远记着了一个叫三毛的作家。

陈先生打开了厚厚的三本相册，都是三毛生前的照片，有一张拍摄的是三毛的灵堂，一张是三毛周日的场面。先生几乎是噙着泪水详细给我讲了三毛最后走了的事情。他说，在三毛死后，她的母亲在医院整理遗物，发现病床枕边还放着我的一本书。老太太感谢为三毛住院和后事帮了大忙的一位医生，那本书就送做纪念了。但是，陈先生却也带来了他送我的一件礼物，这就是三毛最后赠送给他的著作《滚滚红尘》。“我再送给你吧！”陈先生说。我浑身都在颤抖，这又何尝不是三毛冥中的旨意呢？永久的纪念品，够我一生来珍存了。

我询问陈先生去敦煌以后怎样活动。陈先生说原准备到了鸣沙山，就在三毛选中的方位处修个衣冠冢，竖一块碑子，但后来又想，立碑子太惊动地方，势必以后又会成为个旅游点，这不符合三毛的性格。她是真情诚实的人，不喜欢一切的虚张，所以就想在那里焚化遗物，这样更能安妥她的灵魂。

这想法是对的，三毛还需要一块什么碑子吗？月牙湖的月亮就是她的碑子，鸣沙山就是她的碑子。她来来往往永驻于读者的心里，长留在中国的文学史上，人世间有如此大美，这就够了。

我深深地感谢着三毛的这位朋友，却遗憾我自己身体有病，不能同陈先生一块去敦煌。我送陈先生到大门口，满天雨水的淋打中祝他一路顺利到敦煌。陈先生和我握别，脸上突然闪动了一个微笑。我立即觉得这微笑应该是三毛的，三毛式的微笑，她微笑着告别了。雨哗哗地下着，满地都是水泡，陈先生的身影消失在窄窄的长长的小巷的那头。这时候，灰蒙蒙的天上有了声音，是隐隐的雷，我知道三毛的灵魂在启行了，脱离了躯体的灵魂是更自由的。它在台北，它在敦煌，它随着月亮的周返转往两地，它会是做了月里的嫦娥，仙人之眼夜夜注视着她的祖国。它又会是在那莫高窟里做一个佛，一个不生不死无生无死的佛。

蛙事

世上万物都分阴阳，蛙就属于阴，它来自水里。先是在小河或池塘中，那浮着的一片黏糊糊的东西内有了些黑点；黑点长大了，生出个尾巴，便跟着鱼游。它以为它也是鱼，游着游着，有一天把尾巴游掉了，从水里爬上岸来。

有两种动物对自己的出身疑惑不已，一种是蝴蝶，本是在地上爬的，怎么竟飞到空中？一种是蛙，为什么可以在湖河里又可以在陆地上？蝴蝶不吭声的，一生都在寻访着哪一朵花是它的前世，而蛙只是惊叫：哇？哇！哇？！它的叫声就成了它的名字。

蛙是人从来没有豢养过却与人不即不离的动物，它和燕子一样古老。但燕子是报春的，在人家门楣上和尾梁上处之超然。蛙永远在水畔和田野，关注着吃，吃成了大肚子，再就是繁殖。

蛙的眼睛间距很宽，似乎有的还长在前额，有的就长在了额的两侧，大而圆，不闭合。它刚出生时的惊叹，后来可能是悟到了湖河或陆地的许多秽事与不祥，惊叹遂为质问，进而抒发，便日夜哇声不歇。愈是质问，愈是抒发，生出了怒气和志气，脖子下就有了大的气囊。春秋时越王勾践为吴所败，被释放的路上，见一蛙，下车恭拜，说："彼亦有气者？！"立下雪耻志向，修德治兵，最终成了春秋五霸之一。

谐音是中国民间的一种独特思维，把蝙蝠能联系到福，把有鱼能联系到有余，甚至在那么多的刺绣、剪纸、石刻、绘图上，女娲的造像就是只蛙。我的名字里有个凹字，我也谐音呀，就喜欢蛙，于是家里收藏了各种各样的石蛙、木蛙、陶蛙、玉蛙和瓷蛙。在收藏越来越多的时候，我发觉我的胳膊腿细起来，肚腹日渐硕大。我戏谑自己也成了一只蛙了，一只会写作的蛙。

或许蛙的叫声是多了些，这叫声使有些人听着舒坦，也让有些人听了胆寒。毛泽东写过蛙诗："独坐池塘如虎踞，绿荫树下养精神。春来我不先开口，哪个虫儿敢作声。"但蛙也有不叫的时候，它若不叫，这个世界才是空旷和恐惧。我在广西的乡下见过用蛙防贼的事，是把蛙盛在带孔的土罐里，置于院子四角，夜里在蛙鸣中主人安睡，而突然没了叫声，主人赶紧出来查看，果然有贼已潜入院。

虽然有青蛙王子的童话，但更有"癞蛤蟆想吃天鹅肉"的笑话，蛙确实样子丑陋，暴睛阔嘴，且短胳膊短腿的，走路还是跳着，一跳一拃远，一跳一拃远。但我终于读到一本古书，上面写着蟾蜍、癞蛤蟆都是蛙的别名，还写着嫦娥的名字原来叫恒我，说："昔者，恒我窃毋死之药于西王母，服之以奔月。将往，而枚占于有黄。有黄占之曰：'吉。翩翩归妹，独将西行。逢天晦芒，毋惊毋恐，后且大昌。'恒我遂托身于月，是为蟾蜍。"

啊哈，蛙是由美人变的，它是长生，它是黑夜中的月亮。

藏者

我有一个朋友，是外地人。一个月两个月就来一次电话，我问你在哪儿，他说在你家楼下，你有空没空。不速而至，偏偏有礼貌，我不见他也没了办法。

他的脸长，颧骨高，原本是强项角色，却一身的橡皮，你夸他，损他，甚至骂他，他都是笑。这样的好脾气像清澈见底的湖水，你一走进去，它就把你淹了。

我的缺点是太爱吃茶，每年春天，清明未到，他就把茶送来，大致吃到五斤至十斤。给他钱，他是不收的，只要字，一斤茶一个字，而且是单纸上写单字。我把这些茶装在专门的冰箱里，招待天南海北的客人，没有不称道的，这时候，我就觉得我是不是给他写的字少了？

到了冬天，他就穿着那件宽大的皮夹克来了，皮夹克总是拉着拉链，从里边掏出一张拓片给我显摆。我要的时候，他偏不给，我已经不要了，他却说送了你吧，还有同样的一张，你在上边题个款吧。我题过了，他又从皮夹克里掏出一张，比前一张更好，我便写一幅字要换，才换了，他又从皮夹克里掏出一张。我突然把他抱住，拉开了拉链，里边竟还有三四张，一张比一张精彩，接下来倒是我写好字去央求他了。整个一晌，我愉快地和他争闹，待他走了，就大觉后悔，我的字是很能变作钱的，却成了一头牛，被他一小勺一小勺巧妙着吃了。

有一日与一帮书画家闲聊，说起了他，大家竟与他熟，都如此地被他打劫了许多书画，骂道：这贼东西！却又说：他几时来啊，有一月半不见！

我去过他家一次，要瞧瞧他一共收藏了多少古董字画，但他家里仅有可怜的几张。问他是不是做字画买卖，他老婆抱怨不迭：他若能存一万元，我就烧高香了！他就是千辛万苦地采买茶叶和收集本地一些碑刻和画像砖拓片到西安的书画家家里嘻嘻哈哈地换取书画，又慷慷慨慨地分送给另一些朋友、同志。他生活需要钱却不为钱所累，他酷爱字画亦不做字画之奴，他是真正的字画爱好者和收藏者。

真正的爱好者和收藏者是不把所爱之物和藏品藏于家中而藏于眼中，凡是收藏文物古董的其实都是被文物古董所收藏。人活着最大的目的是死，而最大的人生意义却在生到死的过程。朋友被朋友们骂着又爱着，是因了这个朋友的真诚和有趣。他姓谭，叫宗林。

秃顶

脑袋上的毛如竹鞭乱窜，不是往上长就是往下长，所以秃顶的必然胡须旺。新中国后，数十年间再不时兴美髯公，使剃须刀业和牙膏业发达，使香烟业更发达。但秃顶的人越来越多，那些治沙治荒的专家，可以使荒山野滩有了植被，偏偏无法在自己的秃顶上栽活一根发。

我在四年前是满头乌发，并不理会发对于人的重要，甚至感到麻烦，朋友常常用手插进我的发里，说摸一摸有没个鸟蛋。但那个夏天，我的头发开始脱落，早晨起来枕头上总要软软地粘着那么几根，还打趣说："昨夜里有女人到我枕上来了？！"

直到后来洗头，水面上一漂一层，我就紧张了，忙着去看医生，忙着抹生发膏，不济事的。愈是紧张地忙着治，愈是脱落厉害，终于秃顶了。

我的秃顶不属于“空前”，也不属于“绝后”，是中间秃，秃到如一块溜冰场了，四周的发就发干发皱，像一圈铁丝网。而同时，胡须又黑又密又硬，一日不刮就面目全非，头成了脸，脸成了头。

一秃顶，脑袋上的风水就变了，别人看我不是先前的我，我也怯了交际活动。世界日趋沙漠化，沙漠化到我的头上了，我感到非常自卑。从那时起，我开始仇恨狮子，喜欢起了帽子。但夏天戴帽子，欲盖弥彰，别人原本不注意到我的头偏就让人知道了我是秃顶，那些爱戏谑的朋友往往在人稠广众之中，年轻美貌的姑娘面前，说：“还有几根？能否送我一根，日后好拍卖啊！”脑袋不是屁股，可以有衣服包裹，可以有隐私，我索性丑陋就丑陋吧，出门赤着秃顶。没想无奈变成了率真和可爱，而人往往是以可爱才美丽起来，如此半年过去，我的秃顶已不成新闻，外人司空见惯，似乎觉得我原本就是秃了顶的，是理所当然该秃顶的。我呢，竟然又发现了秃顶还有秃顶的来由，秃顶还有秃顶的好处哩。

秃顶有秃顶的三大来由：

一、民间有理论：灵人不顶垂发。这理论必定是世世代代在大量的实情中总结出来的，那么，我就是聪明的了！

二、地质科学家讲：富矿的山上不长草。如此推断，我这颗脑袋已经不是普通的脑袋啊！

三、女人长发，发是雌性的象征。很久以来人类明显地有了雌化，秃顶正是对雌化的反动，该是上帝让肩负着雄的使命而来的。天降大任于我了，我不秃谁秃？！

秃顶有秃顶的十大好处：

一、省却洗理费。

二、没小辫可抓。

三、能知冷知晒。

四、有虱子可以一眼看到。

五、随时准备上战场。

六、像佛陀一样慈悲为怀。

七、不被“削发为民”。

八、怒而不发冲冠。

九、长寿如龟。

十、不被误为发霉变坏。

现在，我常哼着的是一曲秃顶歌：秃，肉瘤，光溜溜，葫芦上釉，一根发没有，西瓜灯泡绣球，一轮明月照九州。我这么唱的时候，心里就想，天下事什么不可以干呢，哼，只要天上有月亮，我便能发出我的光来！

三月十五日，我和我的一大批秃顶朋友结队赤头上街，街上美女如云，差不多都惊羡起我们作为男人的成熟、自信，纷纷过来合影。合影是可以的，但秃顶男人的高贵在于这颗头是只许看而不许摸的！

治病救人

我第一次认识张宏斌，张宏斌是坐在我家西墙南边的椅子上，我坐在北边椅子上，我们中间是一尊巨大的木雕的佛祖。左右小个子，就那么坐着，丑陋如两个罗汉。对面的墙上有一副对联：相坐亦无言，不来忽忆君。感觉里我们已经熟了上百年。

我们最先说起的是矮个人的好处，从拿破仑、康德，到邓小平、鲁迅，说到了阳谷县的那一位，两人哈哈大笑。我们不忌讳我们的短，他就一口气背诵了《水浒》上的那一段描写。我说："你记忆力这般好。"他说："你要不要我背诵你的书？"竟一仰头背诵了我一本书的三页。我极惊奇，却连忙制止："此书不宜背诵！"问他看过几遍就记住了，他说三遍。我说他还能背诵什么，他说看过三遍的东西都能记住。就又背诵起《红楼梦》的所有诗词，让贾宝玉和金陵十二钗全都到我家办诗会了。

但我请张宏斌来，并不是因为他是记忆的天才，他的本行是医生，要为我的一个亲戚的儿子治癫痫病。我差点迷醉于他的记忆力的天赋而忘却了他是医生。他看了看亲戚的那个患病的儿子，笑了笑，说：“药苦，你吃不吃？”儿子说：“我爱吃糖！”大家都乐起来。我将那小子拉过来，在他汗津津的背上搓，搓下污垢卷儿让他看，几个大人立即向我翻白眼，以为当着医生丢了面子。

张宏斌留下了几袋药丸，开始详细吩咐，什么时候吃什么大丸，什么时候吃什么小丸，极讲究节气前后的时间。我要付他的钱，他不收，提出送一两本我的书。

我的书都在床下塞着，他似乎不解：“我把配制的药丸是藏在架子上的瓷罐里的，你怎么把书扔在床底？”我说：“你那药是治病的。”他说：“书却救人啊！”我笑了笑，救谁呢？一本送了他，一本签上“自存自救”，放到了我的床头柜里。

他的这些药丸极其管用，亲戚的儿子服后病遂消解，数年间不再复犯。

医生我是尊敬的，而这样的奇人更令我佩服，以后我们就做了朋友。他住在岐山县，常常夜半来电话，浓重的岐山口音传染了我，我动不动也将“入”念成“日”，一次作协研究要求入会的业余作者，讨论半天意见不统一，我一急说道：“有什么不高兴的么，人家要‘日’，就让人家‘日’嘛！”

他常常被西安的病人请来，每次来都来我家，我没有好酒，却拿明前茶，请、请上坐，就坐在佛祖旁的椅子上。我们就开始说《红楼梦》，说中医，说癫痫，说忧郁症，说精神分裂，这些现代生活垢生出的文明病。

张宏斌说，医生最大的坏处是：不能见了别人就邀请人家常去他那儿。这是对的，监狱管理员邀请不得人，火葬场也邀请不得人。中国人有这么个忌讳。但我给张宏斌介绍了许多有病的人和没病的人，还有许多名人和官人。谁的头都不是铁箍了的，名人和官人也是要患病的。作家可以拒绝，医生却要请的，没病也要请，这如在家里挂钟馗像。

同张宏斌打交道的几年里，我也粗略识得什么是癫痫和精神分裂病，什么人易患这类病和什么人已潜伏了这类病。并且，看他治病，悟出了一个道理：病要生自己的病，治病要自己拿主意。这话对一般人当然是自然而然的事，但对一些名人和官人却至关重要，名人和官人没病的时候是为大家而活着的，最复杂的事到他们那里即得到最简单的处理，一旦有病了，又往往也不是自己患病，变成大家的事，你提这样的治疗方案，他提那样的治疗方案，会诊呀，研究呀，最简单的事又变成了最复杂的事，结果小病耽误成大病，大病耽误成了不治之病。

张宏斌治病出了名，全国各地的病人都往岐山去，他收入当然滋润，而且住房宽展，他说：“你出书困难了，我可以资助你。西安没清静地方写作了到岐山来。”我很感激他。年初，我对他说：“你教我当医生。”他说：“我正想请你教我写文章哩。”两人在电话里呵呵大笑：那就谁也不教谁了！

现在，我仍在西安，他还在岐山，十天半月见一回面，一个坐木雕佛祖的南边，一个坐木雕佛祖的北边，丑陋如两个罗汉。

五十大话

过了旧历二月二十一日，我今年是五十岁。到了五十，人便是大人，寿便是大寿，可以当众说些大话了。

差不多半个多月的光景吧，我开始睡得不踏实，一到半夜四点就醒来，骨碌碌睁着眼睛睡不着，又突然地爱起了钱，我知道我是在老了。

明显地腿沉，看东西离不开眼镜，每一个槽牙都补过窟窿，头发也秃掉一半。老了的身子如同陈年旧屋，椽头腐朽，四处漏雨。

人在身体好的时候，身体和灵魂是统一的，也可以说灵魂是安详的，从不理会身体的各个部位，等到灵魂清楚身体的各个部位，这些部位肯定是出了毛病，灵魂就与身体分裂，出现烦躁，时不时准备着离开了。

我常常在爬楼时觉得，身子还在第八个梯台，灵魂已站在第十个梯台，甚至身子是坐在椅子上，能眼瞧着灵魂在房间里走来走去。

曾经约过一些朋友去吃饭，席间有个漂亮的女人让我赏心悦目，可她一走近我，便“贾老贾老”地叫，气得我说：你要拒绝我是可以的，但你不能这样叫呀！我真是害怕身子太糟糕了，灵魂一离开就不再回来。

往后再不敢熬夜了，即便是最好的朋友邀打麻将，说好放牌让我赢，也不去了。

吃饭要讲究，胃虽然是有感情的，也不能只记着小时在乡下吃过的糊汤和捞面，要喝牛奶，让老婆煲乌鸡人参汤，再是吃海鲜和水果。

听隔壁老田的话，早晨去跑步，倒退着跑步，还有，蹲厕所时不吸烟，闭上嘴不吭声，勤搓裆部，往热里搓，没事就拿舌头抵着牙根汪口水，汪有口水了，便咽下去。

级别工资还能不能高不在意了，小心着不能让血压血脂高，业绩突出不突出已无所谓了，注意椎间盘的突出。

当学生能考上大学便是父母的孝顺孩子，现在自己把自己健康了，子女才会亲近。

二十岁时我从乡下来到了西安城里，一晃数十年就过去了，虽然总是还觉得从大学毕业是不久前的事情，事实是我的孩子也即将从大学毕业。

人的一生到底能做些什么事情呢？

当五十岁的时候，不，在四十岁之后，你会明白人的一生其实干不了几样事情，而且所干的事情都是在寻找自己的位置。

造物主按照这世上的需要造物，物是不知道的，都以为自己是英雄，但是你是勺，无论怎样地盛水，勺是盛不过桶的。

性格为生命密码排列了定数，所以性格的发展就是整个命运的轨迹。不晓得这一点，必然沦为弱者，弱者是使强用狠，是残忍的，同样也是徒劳的。

我终于晓得了，我就是强者，强者是温柔的，于是我很幸福地过我的日子。不再去提着烟酒到当官的门上蹭磨，或者抱上自己的书和字画求当官的斧正，当然，也不再动不动坐在家里骂官，官让干什么事偏不干。

谄固可耻，傲亦非分，最好的还是萧然自远。

别人说我好话，我感谢人家，必要自问我是不是有他说的那样？遇人轻我，肯定是我无可重处。不再会为文坛上的是是非非烦恼了，做车子的人盼别人富贵，做刀子的人盼别人伤害，这是技术本身的要求。

若有诽谤和诋毁，全然是自己未成正果，一只兔子在前边跑，后边肯定有百人追逐，不是一只兔子可以分成百只，是因为这只兔子的名分不确定啊。

在屋前种一片竹子不一定就清高，突然门前客人稀少，也不是远俗了，还是平平常常着好，春到了看花开，秋来了就扫叶。

大家都知道，我的病多，总是莫名其妙地这儿不舒服那儿不舒服。但病使我躲过了许多尴尬，比如有人问，你应该担任某某职务呀，或者说你怎么没有得奖呀和没有情人呀，我都回答我有病！更重要的，病是生与死之间的一种微调，它让我懂得了生死的意义，像不停地上着哲学课。

除了病多，再就是骂我的人多。我老不明白：我招谁惹谁了，为什么骂我？后来看到古人的一副对联，便会心而笑了。

左联这么写：著书成二十万言，才未尽也；得谤遍九州四海，名亦随之。我何不这样呢，声名既大，谤亦随焉，骂者越多，名更大哉。

世上哪里仅是单纯的好事或是坏事呢？

我写文章，现在才知道文章该怎么写了，活人也能活得出个滋味了，所以我提醒自己：要会欣赏。

鸟儿在树上叫着，鸟儿在说什么话呢？鸟的语言我是不懂的，我只觉得它叫得好听就是了，做一个倾听者。

还有：多做好事，把做的好事当作治病的良方；不再恨人，对待仇人应视为他是来督促自己成功者，对待朋友亦不能要求他像家人一样。

钱当然还是要爱的，如古人说的那样，巨大的胸襟，爱小零钱么。

以文字立身用字画养性，收藏古董让古董收藏我，热爱女人为女人尊重，不浪费时间不糟蹋粮食。到底还是一句老话：平生一片心，不因人热；文章千古事，聊以自娱。

从棣花到西安

秦岭的南边有棣花，秦岭的北边是西安，路在秦岭上约三百里。世上的大虫是老虎，长虫是蛇，人实在是走虫。几十年里，我在棣花和西安生活着，也写作着，这条路就反复往返。

父亲告诉过我，他十多岁去西安求学，是步行的，得走七天，一路上随处都能看见破坏的草鞋。他原以为三伏天了，石头烫得要咬手，后来才知道三九天的石头也咬手，不敢摸，一摸皮就粘上了。到我去西安上学的时候，有了公路，一个县可以每天通一趟班车，买票却十分困难，要头一天从棣花赶去县城，成夜在车站排队购买。班车的窗子玻璃从来没有完整过，夏天里还能受，冬天里风刮进来，无数的刀子在空中舞，把火车头帽子的两个帽耳拉下来系好，哈出的气就变成霜，帽檐是白的，眉毛也是白的。时速至多是四十里吧，吭吭唧唧在盘山路上摇晃，头就发昏。不一会儿有人晕车，前边的人趴在窗口呕吐，风把脏物又吹到后边窗里，前后便开始叫骂。司机吼一声：甭出声！大家明白夫和妻是荣辱关系，乘客和司机却是生死关系，出声会影响司机的，立即全不说话。路太窄太陡了，冰又瓷溜溜的，车要数次停下来，不是需要挂防滑链，就是出了故障，司机爬到车底下，仰面躺着，露出两条腿来。到了秦岭主峰下，那个地方叫黑龙口，是解手和吃饭的固定点。穿着棉袄棉裤的乘客，一直是插萝卜一样挤在一起，要下车就都浑身麻木，必须揉腿。我才扳起一条腿来，旁边人说：那是我的腿。我就说：我那腿呢，我那腿呢？感觉我没了腿。一直挨到天黑，车才能进西安，从车顶上卸下行李了，所有人都在说：嘿，今日顺到！因为常有车在秦岭上翻了，死了的人在沟里冻硬，用不着抬，像掮椽一样掮上来。即使自己坐的车没有翻，前边的车出了事故，或者塌方了，那就得在山里没吃没喝冻一夜。

二十世纪九十年代初，这条公路改造了，不再是沙土路，铺了柏油，而且很宽，车和车相会没有减减速停下，灯眨一下眼就过去了。过去车少，麦收天沿村庄的公路上，农民都把割下的麦子摊着让碾，狗也跟着撵。改造后的路不准摊麦了，车经过唰的一声，路边的废纸就扇得贴在屋墙上，半会儿落不下。狼越来越少了，连野兔也没了，车却黑日白日不停息。各个路边的村子都死过人，是望着车还远着，才穿过路一半，车却瞬间过来轧住了。棣花几年里有五个人被轧死，村人说这是祭路哩，大工程都要用人祭哩。以前棣花有两三个司机，在县运输公司开班车，体面荣耀。他们把车停在路边，提了酒和肉回家，那毛领棉大衣不穿，披上，风张着好像要上天，沿途的人见了都给笑脸，问候你回来啦？就有人猫腰跟着，偷声换气地乞求明日能不能捎一个人去省城。可现在，公路上啥车都有，连棣花也有人买了私家车。那一年，我父亲的坟地选在公路边，母亲就说离公路近，太吵吧，风水先生说：这可是好穴哇，坟前讲究要有水，你瞧，公路现在就是一条大河啊！

我每年十几次从西安到棣花，路经蓝关，就可怜了那个韩愈，他当年是“雪拥蓝关马不前”呀，便觉得我很幸福，坐车三个半小时就到了。

过了二〇〇〇年，开始修铁路。棣花人听说过火车，没见过火车。通车的那天，各家在通知着外村的亲戚都来，热闹得像过会。中午时分，铁路西边人山人海，火车刚一过来，一人喊：来了——！所有人就像喊欢迎口号：来了来了！等火车开过去了，一人喊：走了——！所有人又在喊口号：走了走了！但他们不走，还在敲锣打鼓。十天后我回棣花，邻居的一个老汉神秘地给我说：你知道火车过棣花说什么话吗？我说：说什么话？他就学着火车的响声，说：棣花——！不穷！不穷！不穷不穷，不穷不穷！我大笑，他也笑，他嘴里的牙脱落了，装了假牙，假牙床子就笑了出来。

有了火车，我却没有坐火车回过棣花，因为火车开通不久，一条高速路就开始修。那可是八车道的路面呀，洁净得能晾了凉粉。村里人把这条路叫金路，传说着那是一捆子一捆子人民币铺过来的，惊叹着国家咋有这么多钱啊！每到黄昏，村后的铁路上过火车，拉着的货物像一连串的山头在移动，村人有的在唱秦腔，有的在门口咿咿呀呀拉胡琴，火车的鸣笛不是音乐，可一鸣笛把什么声响都淹没了。火车过后，总有三五一伙端着老碗一边吃一边看村前的高速路，过来的车都是白光，过去的车都是红光，两条光就那么相对地奔流。他们遗憾的是高速路不能横穿，而谁家狗好奇，钻过铁丝网进去，竟迷糊得只顺着路跑，很快就被轧死了，一摊肉泥粘在路上。我第一回走高速路回棣花，没有打盹，头还扭来转去看窗外的景色，车就突然停了，司机说：到了。我说：到了？有些不相信，但我弟就站在老家门口，他正给我笑哩。我看看表，竟然仅一个半小时。从此，我更喜欢从西安回棣花了，经常是我给我弟打电话说我回去，我弟问：吃啥呀？我说：面条吧。我弟放下电话开始擀面，擀好面，烧开锅，一碗捞面端上桌了，我正好车停在门口。

在好长时间里，我老认为西安越来越大，像一张大嘴，吞吸着方圆几百里的财富和人才，而乡下，像我的老家棣花，却越来越小。但随着312公路改造后，铁路和高速路的相继修成，城与乡拉近了，它吞吸去了棣花的好多东西，又呼吐了好多东西给棣花，曾经瘪了的棣花慢慢鼓起了肚子。棣花已经成了旅游点，农家乐小饭馆到处都有。小洋楼一幢一幢盖了，有汽车的人家也多了，甚至荒废了十几年的那条老街重新翻建，一间房价由原来的几十元猛增到上万元。以前西安人来，皮鞋印子留在门口，舍不得扫；如今西安打一个喷嚏，棣花人就问：咱是不是感冒啦？他们啥事都知道，啥想法也都有。而我，更勤地从西安到棣花，从棣花到西安，我不再以出生在山里而自卑。车每每经过秦岭，看山峦苍茫，白云弥漫，就要念那首诗："啊，给我个杠杆吧，我会撬动地球；给我一棵树吧，我能把山川变成绿洲；只要你愿意嫁我，咱们就繁衍一个民族。"

就在上个月，又得到一个消息，还有一条铁路要从西安经过棣花，秋季里动工。

六十岁后观我记

一、书案上时常发现一根头发。这头发是自己的，却不知是什么时候掉的。摸着秃顶说：草长在高山巅上到底还是草，冬一来，就枯了！

二、听人说，突然地打一个喷嚏定是谁在想念，打两个喷嚏是谁在咒骂，连打三个喷嚏就是感冒呀。唉，宁愿感冒，也不去追究情人和仇人了，心脏已经平庸，经不住悲，经不住喜，跳动的节奏一乱，就得出一身的冷汗。

三、一直以为身子里装着一台机器，没想到还似乎住了个别的，或许是肠胃里，或许是喉咙里和鼻腔里，总觉得有说话声。说些什么，又听不懂。

四、脚老是冷，尤其怕风，睡觉首先得把被角窝好，但弄不明白往往脚上不舒服了，牙咋就疼。疼得拔掉了四颗，从此少了四块骨头，再不吃肉。

五、自感新添了一种本事，能在人里认出哪一个是狼变的，哪一个是鬼托生。但不去说破。开始能与高官处得，与乞丐也处得，凡是来家都是客，走时要送到楼道的电梯口了，说：这是村口啊！

六、花不了多少钱了，钱就是纸，喝不了多少酒了，酒就是水。不再上台站，就不再看风景，不在其位，就不再作声。钟不悬，看钟就是一疙瘩铁么。

七、吃得越来越简单，每顿就是一碗饭，却过生日不告诉人了，自己给自己写一条幅：补粮。并题款：寿之长短在于吃粮多少，故今日补粮三百担。

八、是相信着有神，为了受命神的安排而沉着，一是在家里摆许多玉，因为古书上有神食玉的记载，二是继续多聚精神写作，聚精才能会神。

九、肯花大量的精力和钱去收购佛像了，为的是不让它成为商品在市场上反复流转。每日都焚香礼佛了，然后坐下来吃纸烟，吃纸烟自敬。

十、啥都能耐烦了。

十一、不再使用最字。晓得了生活中没有什么是最好，也没有什么是最坏。不再说谎，即使是没恶意，说一个谎就需要十个谎来圆，得不偿失，又太累人。

十二、没有了见到新土地就想着去撒种子的冲动，也戒了在雪上踩泥脚印子的习惯。但美人还是爱的，而且乐意与其照相，想着怎样去衬出人家的美。

十三、早晚都喜欢开窗看天，天气就是天意，该热了减衫，该冷了着棉。养两盆绿萝，多注目绿萝，叶子就繁，像涂了蜡一样光亮。养一只大尾巴猫，猫尾大了懒，会整日地卧在桌前打鼾，倒觉得坦然。

十四、劈自家的柴生自家的火吧。火小时一碗水就浇灭了，不怨水；火大了泼一桶水都是油，感谢油。

十五、蜂酿蜜如果是在遣天毒，自己几十年也是积毒太多，就不拒绝任何人任何事了，包括吃亏、受骗、委屈和被诽谤，自我遣毒着，别人也替代着遣毒。

十六、每到大年三十夜里，肯定回老家去父母坟头点灯，知道自己是从哪儿来的。大年初一早上，肯定拿出规划来补充，六十五到七十，七十到八十九十一百，哪一年都干啥，哪一月都干啥，越具体越好。生命是以有价值而存在的，有那么多的事情往前做，阎王就不来招呼，身体也会只有小病不致有大病了。

人和书都有自己的命运

《废都》一九九三年出版，二〇〇四年再版，头尾一隔十二个春秋。人是有命运的，书也是有命运。十二年对于一本书或许微不足道，对于一个人却是个大数目，我明显地老了。

关于这本书，别人对它所说的话已经太多了！出版的那一年，我能见到的评论册有十几本，加起来厚度超过了它的四五倍，以后的十年里，评论的文章依然不绝，字数也近百万。而我从未对它说过一句话，我挑着的是担鸡蛋，集市上的人群都挤着来买，鸡蛋就被挤破了，一地的蛋清蛋黄。

今年今月今日今时，《废都》再版了，消息告诉给我的时候，我没有笑，也没有哭，我把我的一碗饭吃完。书房的西墙上挂着的“天再旦”条幅是我在新旧交替的晚上写的，现在看着，看了许久。然后我寻我的笔，在纸上写：向中国致敬！向十二年致敬！向对《废都》说过各种各样话的人们致敬，你们的话或许如热夏或许如冷冬，但都说得好，若冬不冷夏不热，连五谷都不结的！也向那些盗版者致敬，十二年里我差不多在热衷地收集每年的各种盗版本，书架上已放着五十个版本，他们使读者能持续地读了下来！

十二年前，《废都》脱稿的前后，我是独自借居在西北大学教工五号楼三单元五层的房间里，因为只有一张小桌子和一个椅子，书稿就放在屋角的地板上。一天正洗衣服，突然停了水，恰好有人来紧急通知去开个会，竟然忘了关水龙头就走。三个小时后，搭一辆出租车回来，司机认出了我，坚决不收车费，并把我一直送到楼下，刚一下车，楼道里流成了河，四楼的老太太大喊：你家漏水啦，把我家都淹啦！我蓦地记起没关水龙头，扑上楼去开门，床边的拖鞋就已漂浮在门口。先去关水龙头，再抢救放在地板上的东西，纸盒里的挂面泡涨了，那把古琴水进了琴壳，我心想完了完了，书稿完了，跑到屋角，书稿却好好的。水离书稿仅一指远竟没有淹到！我连叫着：爷呀，爷呀！那位司机也是跟了我来帮忙清理水灾的，他简直是目瞪口呆，说："水不淹书稿？！"我说："可能是屋角地势高吧。"司机说："这是地板，再高能高到哪儿去？"事后，我也觉得惊奇，不久四川一家杂志社的编辑来约稿，我说起这件事，她让我写成小文章，要在他们杂志上发。但他们杂志在已排好了版后又抽下了，来信说怕犯错误，让我谅解。我怎能不谅解呢？也估摸这个小文章永远发表不了，索性连原稿也没有要回。一年后，我从那间房子里搬走了，但那间房子时时就在我梦里，水不淹书稿的事记得真真切切。

昨天，我和女儿又去了一趟西北大学，路过了那座楼。楼是旧了，周围的环境也面目全非。问起三单元五层房间的主人，旁人说你走后住了一个教授，那个教授也已搬走了，现在住的是另一个教授，但楼前的三棵槐树还在，三棵槐树几乎没长，树上落着一只鸟，鸟在唱着。我说："唱得好！"女儿说："你能听懂？"我说："我也听不懂，但听着好听。"

我的台阶和台阶上的我

在我的书架上写有四个字：穷极物理。因为我无所知，所以我无所不欲知。一到夜里，躺在床上就习惯于琢磨，琢磨世上的事，琢磨别人，也琢磨我自己。自己亲近自己太易，自己琢磨自己太难。我说不清我是个什么样的人物：得意时最轻狂，悲观时最消沉，往往无缘无故地就忧郁起来了；见人遇事自惭形秽的多，背过身后想入非非的亦多：自我感觉偶尔实在良好，视天下悠悠万事唯我为大，偶尔一塌糊涂，自卑自弃，二天羞愧不想走出门去。甚至梦里曾去犯罪：偷盗过，杀人过，流氓过，但犯罪皆又不彻底，伴随而来的是忏悔、自恨；这种自我的心理折磨竟要一直影响到第二天的情绪。

我说，我是一个好人，也是一个坏人，是坏好人。

现在农历二月二的惊雷快要响了。一声惊蛰之后，我就是三十一了。讲经的人说，人死后是可以上天国的。如果确实有那么一个天国，人的一生是从诞生的时辰就开始这种长涉的吧？去天国的路应该是太阳的光线，那就是极陡极峭的了。一年一岁，便是一个台阶啊！

一位伟人又说了：作为一个作家，将来去了天国，上帝是会请吃糖果的。天国里有什么好景，自不可知，但糖果是诱人的。十三年前的那阵，这诱惑便袭上我的心灵，于是从那时起，对于我来说，人生的台阶就是文学的台阶，文学的台阶也就是人生的台阶了。

一九七一年

我是个农民，穿着一件父亲穿旧了的长过膝盖的中山装，样子很可笑。因为我口笨，说不了来回话，体力又小，没有几个村人喜欢和我一块干活。我总是在妇女窝里劳动的，但妇女们一天的工值是八分，我则只有三分。邻居一位婶娘讥笑我不如人，我指着门前公路上一位妇女骑自行车，反诘道："人家女人能骑自行车，你行吗？"

同伴们都开始定媳妇了，我没有。娘很急，四处托媒，我倒火了，将李太白的诗写在山墙上："天生我材必有用。"

公社兴修一座大水库，我跑去了，干了三天，我拉不动车子，也抡不了大锤，被开销了。过不久又去，毛遂自荐会写毛笔字，可以刷标语，于是大获成功。后来竟成“工地战报”的主编、编辑、记者、刻写、油印、发行、广播，集七职于一身。日子很清苦，工地偶尔改善生活，吃一次肉，每人三片；我吃一片，两片用蓖麻叶包了，夜里跑十里山路回去让娘吃。

为了活跃战报的版面，我学会写各类字体，学会绘画插图，学着写诗。有一首诗反应不错，有人鼓动让投寄省报去，说发表了可以得稿费。我心动了，誊抄清楚，赶回家去邮寄。但没有钱买邮票。向娘要，娘不给。我说：“借八分钱，过十天了，一定还五角！”稿子投去后，从第二天起，就留心省报。一天过去，五天过去，乡邮员一到工地，迎接的就是我。我把报纸从头至尾翻看，寻我的诗作，但是没有。就盼着明天的报，明天又盼着后天的报，如此半月过去，泥牛入海，毫无消息。忍不住问一位老大学生，他大笑，说：“编辑早把你的稿子揩了屁股了！”我失望了，再也不敢做投稿的事：欠娘的钱，娘忘了，我也装着忘了。

一九七二年

五月份，偶然的机会，我竟到西北大学读书了。

从山沟走到西安，一看见高大的金碧辉煌的钟楼，我几乎要吓昏了。街道这么宽，车子那么密，我不敢过马路。打问路程，竟无人理睬。草绳捆一床印花被子，老是往下坠。我沿着墙根走，心里又激动，又恐慌。坐电车，将一顶草帽丢失了。去商店，看见了香肠，不知道那是什么，问服务员，遭到哄堂大笑。我找不着厕所，急得变脸失色，竟大了胆儿走进一个单位的楼上，看见“男厕所”字样，进去，却见一排如柜一样的摆设，慌忙退出来：见有人也进去了，系着裤带走出来，便疑惑地又进去。水火无情，逼得我一拉那柜的门儿，才发现里边正是大便池子。

到了学校，第一次不睡土炕，总不踏实，老听见远处的火车声叫。真想娘，眼泪哗哗地流下来。

老师要求每一个新生写一篇入校感想，不知怎么，我突然想作一首诗，结果写得很长。交上去，三天后，第一期校刊出版了，上边尽是教师们的诗文，作为学生的，仅仅是我那一首诗。消息不胫而走，我成了同学们中的新闻人物。我走路还是老低着头，但后腰骨硬硬的。心里说西安有什么了不起呢？诗这玩意儿挺好弄嘛！当年想当作家、诗人的梦，又死灰复燃了。

到城里的大街上去，风度翩翩的城市人乜视着我，我也回报着乜视，默默地背诵着一九五八年的一首民歌：“天上没有玉皇，地上没有龙王，喝令三山五岭开道，我来了。”

一九七三年

我几乎天天在作诗了，夜夜像初下蛋的母鸡，烦躁不安地在床上构思；天明起来，一坐在被窝上就拿笔记下偶尔得到的佳句。一天总会有一首诗、两首诗出来，同学们都叫我“小诗人”。

在校刊上连续又发表了几首，我便有些不满足了，想冲出校门，杀到西安市去。我得空就往市里的一家报社和一家刊物的编辑部跑动了。我没有钱去坐车，我有两条能跑的腿。常常就误了吃饭。编辑部的大门，我看作如阎罗般一般森严。小跑去了，却总在门口徘徊许久，紧张得手心直冒汗。在编辑面前，人家不让坐，我是不敢坐的。他们的每一句话，我只是往心上记。我认识了两位编辑，脸色不好看，言辞又都生硬，但皆诚挚；每每看过我的习作，劈头盖脸砸一通后，又说比前一篇强了，要我再写，又提供一些书目去读。我太感激他们了。源源不断地将稿子送给他们，他们又源源不断地退还给我。半年多过去了，我写了十几万字的小说、散文、故事、诗歌，竟没有一个变成铅字。但我感觉良好，总相信我还能写。每写出一篇，为了刺激鼓励，我就偷偷一个人到校外食堂去，买四两面条，或是两个馍，一碗鸡蛋汤，慰劳一番。

我四处求教。但凡在文学上有一字指点，便甘心三生报恩不忘。有一次，同一位同学骑自行车去找一个诗人指导诗文。边骑边讨论，车过十字路口，竟忘了躲避交警，结果连人带车扣住，挨了一顿辱骂，两拳击打。要么罚款十五元，要么没收自行车。我俩眼泪汪汪。十五元谈何容易？自行车又是借来的！雪地里仰天长叹。无奈，去商店讨了一张包装纸，买了一支铅笔，又买了一把七分钱小刀削了，趴在马路上写检讨，把罪恶的帽子全部戴在头上，把最求饶的语言全部连接。五个小时后，终于感动了上帝，自行车要回来了。诗文没有得到指点，却领教了交警的厉害。至今骑车上街，一到十字路口，老远就下来推着走了。

一九七四年

就在我完全没有希望的时候，我的第一次真正的创作，一篇两千字的散文，在《西安日报》上发表了。

这天是星期天，我抱着几件旧衣服到城中一家小店里去缝补。缝补的价钱很高，那个红鼻子的老头惹我生了一肚子气。路过市邮政大楼前，那里有一个卖报的小摊，无意朝报摊上瞥了一眼，那报纸上显赫地有一行大字：《深深的脚印》。我立即目光直了，跳将近去，果然看见了铅字打出的我的名字。我锐声叫了一下，四周的人都看我，我自知失态，面烧如炭，赶忙逃走了。逃走得当然不很远，等四周的人散去，就想立即去购得十张二十张。但摸摸口袋，仅剩二角钱。我故意慢腾腾地满不在乎地重新走近报摊，说：“买十张！”“十张？”卖报人戴着眼镜，镜片一圈一圈像烧酒瓶底，看了我一会儿，说：“你这中学生，买那么多干啥？包辣面吗？”我很窘，想说：“谁是中学生，这上边的文章就是我写的呢！”但我不好意思说出来。卖报人只卖给一张，声称不要糟蹋了新报。我只好买了一张。

当天夜里，我给父亲写了一封信，告诉了这一重大喜讯。信上说：“我开始有了脚印了。”但这张报纸我没有给父亲寄，因为报社赠我的样报还未收到，我要留着每天晚上温习一遍呢。

一九七五年

我写得越多，我越不是个好学生，班干部常常来提醒我“只专不红”的危险。一次一次写入党申请书，一次一次当班上宣布“党员留下”，我便起身走了。我仅仅是一个团员，当同学提议让我作为团小组长的候选人时，有人就训起提名人：“你怎么能提到他？！”我那时很苦闷，恨自己不会找领导“谈心”，恨自己能写诗文而写的大批判文章总是不能让人家满意。有一位干部让我猜一条谜语：“晚上不睡觉，早上不起来，起来不吃饭，就往教室跑。”说是打人，问我是谁？我说：“我。”说完一个人跑到阅览室后的花园里，委屈地抹了一把眼泪。

我很想喝酒，没有钱。学会了吸烟，九分钱一包的“羊群”烟，每天规定根数来吸。那时正与一同学合作写一部抒情长诗，写得疲倦，掏烟来吸，竟遭到有钱抽“大前门”的学生的斥责，嫌其劣等烟草呛人。

诗写成功了，与别人的长诗合在一起出了书。我和我的合作者特意各筹集了二元五角，进城玩了一天，照了四寸纪念相，逛了一次公园，下了一顿饭馆，又买了一包高级烟，给那位斥责我们的同志敬了一根，说声“谢谢”。但是，当我们去一家小书店购买十本我们的书时，时髦的女售货员总是不理睬我们。这是个胖脸的女人，脸上白粉很重，眉毛也涂白了。我们喊她喊得紧了，她说：“那是诗！看得懂吗？看了就不许退！”热热的心被一盆水泼凉了。我们说：“就要那本书。”傲慢的女子在我们拿书走出门时，还在奚落：“什么人也买诗集？！”我说：“哼，这书就是我写的呢！等着瞧吧，说不定将来你会给我写求爱信呢！”这话是我走出书店三千米远的一个拐角说的。两年后，觉得这种话虽然她没有听到，但实在是太粗野，想去对她忏悔一下，但去过两次，却再找不见她了。

一九七六年

一条破被子，一件小褥子，一条床单，一块塑料布，伴随了我三年大学生活。冬天的夜里很冷，就借同学们的大衣覆盖；一到下雪天，大衣借不到，夜夜只好蜷着。我至今笑着对一些朋友说：现在个儿不高，全是那时睡觉伸不直所致。夏天，一宿舍六人，五人有蚊帐，我没有；蚊子全集中到我身上，可幸那时比现在胖，有的是喂蚊子的血。

好了，总算毕业了。按条件，我是该回山区去教学，但省出版社的同志却硬要了我去。我摇身成了一位编辑，分住在五楼的一个六平方米的斗室里。

一九七七年

我自由了，可以尽情地抽劣等烟了，可以彻夜不熄灯地看书写作了，可以不发愁没稿纸了，可以不再四处搜寻牛皮纸糊寄稿信封了。房子很乱，到处都是书、纸，谁也不来敲我的门。我一进去，就进入了创作的境界，我什么也不担心，只担心发生火灾。有人要和我换房，我拒绝了，因为我没有手表，但隔窗就一眼能看清报话大楼上的大钟表，还能看见城市的日出。单位人讥笑这六平方米是个鸡窝，我却写了三个字贴在门框上：凤凰阁。

快活的日子没有多久，我便陷于极端的愁苦之中。社会上的复复杂杂，单位上的是是非非，工作上的绊绊磕磕，爱情上的纠纠缠缠，我才知道了一个山地儿子的单纯，一个才走出校门的学生的幼稚。我一面读中外名著，一面读社会的大书。我开始否定了我那些声嘶力竭的诗作，否定了我一向自鸣得意的编故事的才能，我要写我熟悉的家乡的人和事，我要在创作中寻找我自己的路，想出的口号是打出潼关去。

稿子向全国四面八方投寄，四面八方的退稿又涌回六平方米。我开始有些心冷，恨过自己的命运，也恨过编辑，担心将来一事无成，反误了如今青春年华，夜里常常一个人伴着孤灯呆坐。但竟有这样的事发生：熬眼到了一点，困极了，只要说声睡，立即就睡着了；如果再坚持熬会儿，熬红了眼，反倒没瞌睡了。于是想：创作也是如此吗？就发奋起来，将所有的退稿信都贴在墙上，抬头低眼让我看到我自己的耻辱。退稿信真多，几乎一半竟是铅印退稿条，有的编辑同志工作太忙了，铅印条子上连我的名字也未填。

水泥楼上没有大梁，要不，系条绳，吊个苦胆，我要学勾践了。

一九七八年

创作是没有格式的，但有其艺术的规律，总算摸出点门道了。原来创作之大门，未走进去的时候，门厚如城墙；一旦走进去，却薄如一张竹纸。稿子的采用率逐渐在提高。我着了魔似的写，先安徽，后上海，再北京，再广州，这些大地面我至今还未去过，大地面的大刊物却被我的稿件几进几出。

《满月儿》在京获奖，赴京的路上我激动得睡不着，吃不下。临走时我一连写就了七八封信给亲朋众友，全带着，准备领奖的那天从北京发出。但一到北京，座谈会上坐满了老作家，坐满了新作家，谈谈他们的作品，看看他们的尊容，我的嚣张之气顿然消失。唉，我有什么可自傲的呢？不到西安，不知道山外的世界大小；不到北京，不知道中国的文坛高低。七八封告捷的信我一把火烧了。

颁奖活动的七天里，我一语不发。我没什么可发的。夜里一个人在长安街头上走，冷风吹着，我只是走。自言自语我说了许多话，这话我是给我说的，我不想让任何人知道。所以，直到现在，请原谅我还是不能披露出来。

回到家，我把获奖证书扔给了妻子，告诉说：请把它压在箱子底，永远不要让人看见！

一九七九年

这一年，文坛上新人辈出，佳作不断。惊叹别人，对照自己，我又否定起我前段的作品，那是太浅薄的玩意儿了。我大量地读书，尽一切机会到大自然中去，培养着作为一个作家的修养，训练着适应于我思想表达的艺术形式。我不停地试探角度，不断地变换方式，我出版了三本小书，却不愿意对人提起这些书名，不愿意出门见人，不愿意让外人知道我是谁。

从夏天起，病就常常上身，感冒几乎从没有停止，迟早的晚上鼻子总是不顺通。我警告着自己：笔不能停下来。当痔疮发炎的时候，我跪在椅上写，趴在床上写；当妻子坐月子的时候，我坐烘尿布的炉子边写。每写出一篇，我就大声朗读，狂得这是天下第一好文章。但过不了三天，便叹气了，视稿子如粪土一般塞在柜屉里。

冬天里，爱人调进了城，我的脾气却越来越暴躁了，动不动就发火，小两口常常闹气。每一次气都是我惹起来，每一次闹起来都以我失败告终。我知道这全是由我的创作不长进的烦恼所导致的，我恨死了我这个没出息的丈夫，一个孱头男人。

一九八〇年

沉沉闷闷的一年，像一堆湿柴火，没有生焰，只是冒烟。终于攻出了一批文章，外界的反应不错，增加了我的信心。比较起来，我有些得心应手了，而且习惯了一种战法：思考了什么，就写出一篇；写出一篇，就写出一批；一批写完，就重新开辟领地。评论家们对我的作品有了注意，评价文章骤然多了起来，似乎是有些小名气了呢。

我的得意劲儿又滋生了，耐不得寂寞，耐不得孤独，喜欢听好听的。

有了小名，有了小钱，小家庭也完满了，两本小书又编辑了，好一个“春风得意马蹄疾，一日看尽长安花”！

一九八一年

我什么都想写，顺心所欲。开始了学写中篇，开始了进攻散文，诗的兴趣也涨上来了。又爱起了书法、绘画、戏曲。又是没黑没明地干，又是扬扬得意地轻狂。

一九八二年

一批又一批作品的发表，我等待着它们的爆炸，等待着社会的赞美，但是，回答我的，却是评论家的批评。批评得多么严厉啊。随之，社会上对我的谣言四起，说我写得多，是掏钱雇用了三四个人专门提供情节、细节呀，说我犯了大错误了，被开除了；甚至说我已被下放，赶出城去了。我蒙了，不知所措，不知道该怎么办，路该如何走。一个人在没人处真想哭。

明月夜里，我坐在城北的铁道边，一趟又一趟听着火车的轰隆声。

半个多月，我不再写一个字。我得好好想想，再一次将所有的批评言论翻出来，一一思考。我慢慢冷静，有则改之，无则加勉。我在日记中写道：平凹，你要是个没出息的，你就沉沦吧，一蹶不振吧。要是把文学当作一生的事业，就不必为一时的成功而得意，也不必为一时的挫折而气馁。铁锤砸碎的只能是玻璃，宝剑却得到了锻炼。

我总结着我的过去：生活积累还是不深，理论学习还是欠缺，艺术修养还是浅薄。

我请人画了一张达摩图，决心从头开始：深入生活，研究生活，潜心读书，寂寞写作。于是，拒绝参加一切出人头地的会，躲避去文学讲习班上做报告，推辞到一些报刊创作颁奖会上领奖。

一九八三年

思考仍在进行，创作仍在继续，作品仍有奖励的，也仍有争鸣的。

各级领导给我亲切的指导，众多的读者给我热切的鼓励。我脱离了编辑部，在家专职搞起创作。我有时间了，平心静气地去从事我的事业了。我出奇地变得豁达起来：有奖，我也去领；有批，我诚恳接受；该笑，就放声大笑；该检讨，就认真检讨。我对妻子说："现在，全家要保障我这个重点了！"出门十一次，除了去年一些必须开的会议外，大都下乡去了。当然，不可能一下子吃个胖子，不可能立即拿出像样的作品。我将我的创作视为试验，或许这个试验很长，很长，甚至是整个一生。但我在鼓励自己，写吧，好的作品还没有写出来，就看你的了！坚信只要我忠实于艺术，艺术必会有一天与我亲近的。

三十岁了，自立之年。生日那天，我请了一次客，说："朋友们，为了我的慢慢成熟，干杯吧！"我自己先喝醉了。

弹指十三年了，十三个台阶爬得我很累。妻子搬进城来，我先在西安北郊的静虚村居住，如今移到了城中的五味什字巷里。我构思了一幅画：我拽着碌碡在上台阶，我不敢松劲，一松劲，碌碡就滚下去了。可惜我画功太差，不能作出。我知道前面的台阶还很长，一级一级还很高。我体力不行，气喘得厉害。眼看着大队人马都从我身边一跃而上了，我只是揉腿，捶腰。但是，我的眼光在看着台阶，我说，要到天国去，要得到糖果，我的出路只有上台阶，只有沿着台阶往上走。夸父不到大海就渴死了，他死得悲壮。我或许在半路上也要倒下，但是即使倒下，我仍是一个上台阶的鬼。我在房子里重新换上了一个镜框，上边写了日本电视剧《排球女将》的主角小鹿纯子的话：

"我的目标是——奥林匹克运动会。"

肆

修一颗柔软心

空谷箫人

我患了病，工作没了心思，心里常常忧郁，在城里便住得腻了。到乡下河川地的姨家去，先几回倒好，渐渐也就烦了；这里虽然人少，空气也好，但还不是我宽心的地方。姨说，你去山里逛逛吧，闷着无事，我真走去了。

我什么也不曾带，只捧了一支箫。自我烦闷起，这箫就是我的朋友了，我常常避着人吹；它是生长在秀水明山里的，有着清幽的嗓子，我不想让更多的人听着俗了它。它是我的。我的一腔烦闷全灌进它的肚腹，也只有我，才听懂了它的价值和意义。

我带了我的箫，踽踽向山里去了。

这里的山，不是那北方的土山，但又不是南方的峻岭，它就是它的，秀丽的，玲珑剔透的，完全是一个性格外露的少年的形象了。山里可能很寒，什么杂木杂草也长不出，漫山到处便是竹子。

在城里，从画刊上是认识这竹子的，《辞海》上也写过它的形象：修长。今番在此山此地，才知道它竟是长在岩缝石隙中的。远远看去，一山都是绿，绿得浅，也绿得深。没有风的时候，绿得庄重，温柔，像端坐在堂上的少妇，微风掠过，就打一个酥酥的惊悸，一山都在羞怯怯地颤。

此时正是黄昏，夕阳斜在绿梢儿上，红光里渗了绿的颜色，也显得柔和可爱多了。我拣了河边的一块石头坐下来，看那河源就在山间的竹林里，白花花地淌下来；流过身下的时候，声儿是没有的，颜色却是碧绿碧绿。我想，是这水染绿了那竹呢，还是这竹洗绿了这水？水面子上送着凉气，那一定是竹叶上带来的。

我吹起我的箫来，悠悠忽忽，原来在这空谷里，声调这么清亮，音色这么圆润；我也吹得醉了……我又到了我的境界去，这山，这水，这林子，都是有情物了，它们在听着我的烦闷。我吹着，想把一腔的烦闷都吹散。我愿意将我的箫眼儿，将我的口，变成那山巅上的风洞儿，永远让风来去地吹吧！

这时候，我听见身后的竹林里，有“空！空！”的声音响起。在这寂寂的空谷，在这夕照的黄昏，除了我，还有谁肯在这儿呢？我收了箫儿，站起来，脚步挨进竹林去，那“空！空！”的声音却没了，竹子长得很盛，满枝儿“个”字，拂动起来，泠泠地响。

我又坐在那块石头上来，想，这山里原本是没有人的了，那“空！空！”的响声也一定是我的幻觉了；谁还会出现呢，烦的只有我，闷的也只有我了。心里添了一重愁，箫声更幽幽了，我似乎感觉到那竹叶尖儿，那水皮面儿，停驻了箫声，要不，怎么也瑟瑟地抖呢？

但是，差不多这个时候，“空！空！”的声音又响了。我疑惑了，重新走向那竹林去，一切又都悄然，唯有那草丛里，一点马兰花，妩媚地开放……我竟有些害怕了。

“谁？！”我叫了一声，但没有音儿，额上沁出了一层冷汗。

突然间爆起了一串咯咯声，空静的山谷里，是那样响，立即撞在对面山林里，余音在四下溢流。我惊愕间，竹林里闪出一个姑娘，一捻儿的腰身，那一双小巧的脚一踮，站在了我的面前。眉眼十分动人，动人得只有她来形容她了，我想，要不是《聊斋》中的那种狐女，便真要是这竹子精灵儿变的吧？

“你？！”我恍惚中说。

“我偷听你的箫了！”她一直在笑着，末了笑得嘎的一声。“你是城里人？有一肚子心思？”

多少年来，谁这么认真地听过我的箫儿，谁又能听出它的意思呢？！没想这荒山野地，一个弱小女子儿，竟是我的知音！

“你住在哪儿？”我问。

她笑指山腰深处，我看见的只是卧着的白云，竹的深绿，那白云绿竹处的人家。这道河水就从门前流来的吗？

她说她是来砍竹子的，砍了竹做那笛儿、箫儿的，大凡这里生产的竹乐，上面都刻有“空谷佳音”。我看我那箫儿，果真有这四字：噢，这伴我陪我的箫儿，竟有幸回到故乡来了！

“你们这儿竹子能做箫？”

“你瞧瞧，”她拿手里的砍刀敲敲身边的竹子，立即铮棱棱地颤响，“这竹子从土里一长出来，就是一株歌子，它从地里吸收七个音儿，就长出一个节来，随便砍一截儿来做个箫儿吹吹，就发出无穷无尽的音乐的。”

她说得妙极了，像诗一样动听。突然那巧嘴儿一搐，收了那笑，说：“但你却辜负这箫儿了！”

“哦？”

她说：“这箫儿原本是给人带来欢乐的，可你却让它在哭，在怨；你在城里，为什么要来这儿一个人吹呢？”

她竟问得这么厉害，足见这姑娘是我的知音了。我看着她，不知道这话藏在她什么地方；那么纤小的身子，又如何砍得动这竹子？

“是的，我太烦闷了，在城里那么活着，就像你这么一个水灵人儿却深待在这荒山野地里一样，人生太烦闷了。”

“烦闷？我才不呢！”姑娘又咯咯咯地笑起来了。她顺手指着一根小青竹说：“你看这根小竹子安安分分地生在这山野里，长大了能派那么多用场，它才不知道什么叫烦闷呢！我看你呀，是没把自己放在适当的地位。”

我说，是的。但我奇怪了，她怎么说这种话？在这么个地方，她这般年纪，也变得世故了？庸俗了？我就是在箫的哀怨里找到了我自己，就像这山溪流出山沟来才发现了出路吧。我突然问起她住过高楼吗？她说没有。问她吃过巧克力吗？她说没有。问她看过芭蕾舞吗？她说没有。她还是不懂我的啊！

“但我知道你是人！”她说，“你总要吃五谷的。”

她问起我来了，问上到那最高峰看过日出吗？我是没有的。问吃过山里的露水葡萄吗？我是没有的。问砍过这做笛儿、箫儿的竹子吗？我是没有的。

“你让我像你们山里人吗？我何苦受这种罪？！”

她笑声又起了，满山满谷都是笑的余响了：“山里只有我们的乐趣哩！要不能长出笛儿，箫儿？你用的心太多，脑子太紧张，像你这样的城里人，寿命才没有我们山里人长哩！”

说完，她那小巧的脚儿一踮，轻腿软腰地闪入竹林去了。一会儿拖出一捆绿竹来，掮在肩上，顺条曲径儿一直走去了。

我呆呆地坐在那里，看着她在那绿中走了，还听见那咯咯咯的笑声飘过来，似乎那笑声便一直留在这空谷里了，在那山上，在那竹叶上，在箫眼儿上，在我的嘴唇上。

月亮已经淡淡地上来，那竹在淡淡地融，山在淡淡地融，我也在月和竹的银里、绿里淡淡地融了……我似乎想着什么，但似乎又没有想着什么，我极想再吹出一首吹熟了的忧曲儿，但我害怕吹不响，那嘴唇儿里、箫眼儿里，全蓄藏了她那咯咯咯的笑声了哩。

我站起身来，踽踽地往回走，我想起了我那住在河川地的姨，我想起了我那生活的、工作的城市，我一直走，走出了这长满歌子和笑声的绿的山。

手术

害了十多年的病，没有挨过刀子，只说病是病，我是我，谁也奈何不了谁。可大话说过不久，刀子就动在肛门上了。有痔疮的日子已久，从未提到议事日程上来——原本是大粪世家嘛，怕什么不卫生？五月初复发的病，用镜子照（第一回委屈了镜子），樱桃般的，感觉里却有核桃大，躺了两天不好。听人说南利亚大夫研制了“一针灵”，就让他看看。他一看便满脸做变：得动手术！我说能不能不割，人体是有风水的。南大夫说，要是“资本主义尾巴”倒不用割的，可现在已成血栓，若再发展，极可能就形成瘘管。瘘管我是见过别人的，痛苦不知道，恶心人却是领教过的。于是便蜷身在手术台上，类如马虾的那种。我说，我不怕的，不怕！可说着，大夫的手摸到哪儿，哪儿的肌肉就颤动。麻醉针扎下去，啊的一声，气都要闭过去了，终于明白这个“醉”字起得并不好，麻醉和酒醉绝对不是一回事……我开始听到刀子的划动声，剪子的铰动声。我咬着牙硬不吭，因为护士是一位年轻漂亮的小姐，又爱好文学，我已经失去了好的形象，不能丢人太深；脑子里就想着赤膊刮骨的关公，想着战场上的勇士，肚子打破了，拖着一地的肠子还往前冲……护士说："别紧张，现在还疼吗？"放松了一下，其实什么也不疼了，真正是头还活着，屁股是"死"了。于是又想，人一上手术台，医生视人就是一头猪了，一堆肉了，文学上讲看山是山看水是水，看山不是山看水不是水，恐怕是一样的境界。还在作想，大夫说："完了！"我猛地以为是说我完了。他拍拍我的屁股要我站起来，原来手术结束了！十分钟的手术彻底结束了。我看见他眼镜上溅着鲜血，手里拿着黄豆大的瘀血块儿一颗，绿豆大的瘀血块儿五颗，还笑着说："这是你的，你收留不？"如果是蚌里的珍珠我要的，那玩意儿就丢进垃圾桶，而且极度的羞耻感上了脸：那个部位，几十年里，我看不到，别人也未看过，现在大夫知道了，护士也知道，甚至还拍了照片。南大夫是痔瘘病专家，他的诊室四壁，贴满了人的屁股，他取笑着说："把你的是不是也贴上去？你是著名作家，这也是著名屁股嘛！"我当然把照片收藏了，但悲哀我再没有什么隐私了。

手术过后，我不能说不疼，疼，而且很疼。这是医学上现在还不能够解决的事。我趴在床上，想人活在世上真有意思，凡是身上的东西没有一处不是重要的。俗话说，人活脸，树活皮，平日把脸看得那么贵重，其实屁股才最需要善待。在它没有病的时候，我们几乎忘记了它的功能；一有了病，才知道做任何事情，比如拿东西、笑、怒、咳嗽，它都在用力。人身上的神经如果是网兜，它就是网兜口。我们习惯了一种思维，总是把世上的事分为高贵和低贱，也习惯了以这种思维对待身上的部位。现在，名呀利呀，声色犬马，一切都不想了，只求得不疼痛，不疼痛就是世上最幸福的人。我生来多病，每生一次病，就如读本哲学书。在手术疼痛的日子里，我鼓励我的是：长痛不如短痛吧，痛过这正常的痛，我就有一个好的屁股了。甚至还有一种感觉，多年来坎坎坷坷，总是做一件事要带出许多后患，是不是未留后路或不注意疏通后路，入水不想出水；如今疏通了出处，往后一切都要顺当了吧？

人从动物衍变成人的好处是通过劳动而创造了世界；人从动物衍变成人的唯一坏处是人直立了，能坐了，生出痔疮来（走兽是从未有害痔疮的）。但人有痔疮，使人清醒了人生（就像强壮的俊男美女害有痔疮）常常是尴尬和有难言之苦。所以，我倒珍视起了我这次疼痛。以前我写过一篇文章《坐佛》的，这回不能坐了，就卧着吧，不知能不能卧出个佛来。

棣花

无论如何，我是该写写棣花这个地方了。商州的人，不论是常出门的，还是一辈子没有走出过门的，棣花都是知道的。棣花之所以出名，有各种各样的说法。文化界的，都知道那里出过商州唯一的举人韩玄子。韩玄子当年文才如何，现无据可查。但举人的第八代子孙仍健在，民国初年就以画虎闻名全州，至今各县一些老户人家，中堂之上都挂有他的作品。民间传说他当年画虎时，铺好宣纸，蘸好笔墨，便蒙头大睡，一觉醒来，将笔在口中抹着，突然脸色大变，凶恶异常，猛扑上去，刷刷刷几笔，眨眼间纸上便跳出一只兽中王来。拳脚行的，也都知道那里出过一个厉害角色，身高不满四尺，头小，手小，脚小，却应了“小五全”之相术，自幼习得少林武功。他的徒弟各县都有，到处传播他的逸闻，说是他从不关门，也从不被贼偷，冬夏以坐为睡。有一年，两个人不服他，趁他在河边沙地上午休，一齐扑上，一人压头，一人以手扣住肛门，想扼翻在地。他醒来只一弓，跳了起来，将一人撞出一丈多远，当场折了一根肋骨；将另一人的手夹在肛门，弯腰在沙地上走了一圈，猛一放松，那人后退三步跌倒，中指已夹得没了皮肉！所以，懂得这行的人，不管走多么远，若和人斗打，只要说声：“我怕了你小子？老子是棣花出来的！”对方就再也不敢动弹了。一个大画笔，一个硬拳脚，为世人皆知。但那些小商小贩，知道棣花的，倒是棣花的集市了。棣花的集市与别处不同，每七天一次，早晨七点钟人便涌集，一直到晚上十点人群不散。中午达到高潮，人多得如要把棣花街挤破一般。西至商县的孝义、夜村、白杨店、沙河子，北上许家庄、油坊沟、苗沟，南到两岔河、谢沟、巫山眉，东到茶坊、两岭、双堡子，百十里方圆，人物，货物，都集中到这里买卖交易，所以棣花的好多人家都开有饭店、旅馆，也有的三家、四家合作，在棣花街前的河面上架起木桥，过桥者一次二分，一天可收入上百元哩。

其实，棣花并不是个县城，也不是个区镇，仅仅是有十六个小队的大队而已。它装在一个山的盆子里，盆一半是河，一半是塬，村庄分散，却极规律，组成三二三队形。河边的一片呈带状，东是东街村，西是西街村，中是正街。一条街道又向两边延伸，西可通雷家坡，东可通石板沟，出现一个弓形，而长坪公路就从塬上通过，正好是弓上弦。面对西街村的河对面山上，有一奇景，人称“松中藏月”，那月并不是月，是山峰，两边高，中间低，宛若一轮下弦月，而月内长满青松，一搂粗细，棵棵并排，距离相等，可以从树缝看出山峰低洼线和山那边的云天。而东街村前，却是一个大场，北是两座大庙，南是戏楼，青条石砌起，雕木翘檐，戏台高二丈，场面不大，音响效果极好。就在东西二街靠近正街的交界处，各从塬根流出一泉，称为“二龙戏珠”，其水冬不枯，夏不溢，甘甜清冽，供全棣花人吃、喝、洗、涮。泉水流下，注入正街后上百亩的池塘之中，这就是有名的荷花塘了。

这地方自出了韩举人、李拳脚之后，便普遍重文崇武。男人都长得白白净净，武而不粗，文而不酸；女人皆有水色，要么雍容丰满，要么素净苗条，绝无粗短黑红和枯瘦干瘪之相。直至今日，这里在外工作的人很多，号称“干部归了窝儿”的地方。这些人脚走天南海北，眼观四面八方，但年年春节回家，相互谈起来，口气是一致的：还是咱棣花这地方好！

因为地方太好了，人就格外得意，春节里他们利用一年一度的休假日，尽情寻着快活，举办着各类娱乐活动，或锣鼓不停，或鞭炮不绝，或酒席不散。

腊月二十三日是小年，晚上戏楼上便开戏了。看戏的涌满了场子，孩子们都爬到大场四周的杨树上或庙宇的屋脊上。戏是老戏，演员却是本地人。每一个角色出来，下边就纷纷议论：这是谁家的儿子，一表人才；这是谁家的媳妇，扮啥像啥；这是谁家的公公，儿子孙子都一大堆了，还抬脚动手地在台上蹦跶。最有名的是正街后巷的冬生，他已经四十，每每却扮着二八女郎，那扮相、身段、唱腔都极妙。每年冬天，戏班子就是他组织的。可惜他没有中指，演到怒指奴才的时候，只是用二拇指来指，下边就说：“瞧那指头，像个锥子！”“知道吗？他老婆说他男不男、女不女的，不让他演，打起来，让老婆咬的。”还有一个三十岁演小丑的，在台下说话结结巴巴，可一上台，口齿却十分流利，这免不了叫台下人惊奇。但是最使人看不上的，是他兼报节目时，总要学着普通话，因为说得十分生硬，人称“醋熘普通话”。虽然就是这样一些演员，但戏演得确实不错，戏本都是常年演的，台上一唱，台下就有人跟着哼。台上常忘了词儿，或走了调儿，台下就呜呜地叫。有时演到热闹处，台下就都往前挤，你挤我，我挤你。这样，就出了一个叫关印的人，他脑子迟钝，却一身力气，最爱热闹，戏班就专让他维持秩序。他受到重用，十分卖力，就手持谷秆，哪儿人挤，哪儿抽打，哪儿就安静下来。这戏从二十三一直演到正月十六，关印就一直执勤二十三天。

到了正月初一，早晨起来吃了大肉水饺，各小队就忙着收拾扮社火了。十六个小队，每队扮二至三台，谁也不能重复谁，一切都在悄悄进行，严加保密。只是锣鼓家伙声一村敲起，村村应合，鼓是牛皮古鼓，大如蒲篮；铜锣如筛，重十八斤老秤，需两人抬着来敲。出奇的是那社火号杆，长三尺，不好吹响，一村最多仅一两人能吹。中午十二点一过，大塬上的钟楼上五十吨的铁铸大钟，被三个人用榔头撞响，十六个小队就抬出社火在正街集中，然后由西到东，在大场上绕转三匝，然后再由东到西，上塬，到雷家塬，再到石板沟，后返回正街。那社火被人山人海拥着，排在一起，各显出千秋。别处的社火一般都是平台，在一张桌上布了单子，围了花树，三四个小孩扮成历史人物站在上边，桌子四边绑了长椽，八人抬着过市，而单子里边，桌子之下，往往要吊半个磨扇，以防桌子翻倒。而棣花的社火则从不系吊磨扇，也从看不上平台，都以铁打了芯子，做出玄而又玄的造型。当然，十六个队年年出众的是西街村，而号角吹得最响最长的是贾塬村。东街村年年比不过西街村，这年腊月就重新打芯子，合计新花样，做出了一台“哪吒出世”，下边是三张偌大的荷叶，一枝莲茎，一指粗细，直愣愣、颤巍巍，上是一朵白中泛红的盛开荷花，花中坐一小孩，做哪吒模样。一抬出，人人喝彩，大叫：“今年要夺魁了！”抬到正街，西街的就迎面过来，一看人家，又逊眼了。过来的是“孙悟空三打白骨精”，那大圣高出桌面一丈，一脚凌空前翘，一脚后蹬，作腾云驾雾状。那金箍棒握在手中，棒头以尼龙绳空悬白骨精，那妖怪竟是不满一岁的婴儿所扮。抬起一走动，那婴儿就摇晃不已，人们全涌过去狂喊："盖帽了！"东街的便又抬出第二台，是"游龟山"，一条彩船，首座田玉川，尾站胡凤莲，船不断打转，如在水中起伏。西街的也涌出第二台，则是"李清照荡秋千"，一架秋千,一女孩在上不断蹬荡。自然西街的又取胜了。东街的就小声叫骂："西街今年是什么人出的主意？""还是韩家第八！""这老不死！来贵呢？"叫来贵的知道是什么意思，忙回去化妆小丑，在一条做好的林椽大龙头上坐了，怀抱一个喷雾器，被四五人抬着，哪儿人多，哪儿去耍。龙头猛地向东一抛，猛地向西一抛，来贵就将怀中喷雾器中的水喷出来，惹得一片笑声。接着雷家坡的屋檐高的高跷队，后塬的狮子队，正街的竹马队，浩浩荡荡，来回闹着跑。每一次经过正街，沿街的单位就鞭炮齐鸣。若在某一家门前热闹，这叫"轰庄子"，最为吉庆，主人就少不了拿出一条好烟，再将一节三尺长的红绸子布缠在狮子头上、龙首上，或社火的孩子身上。耍闹人就斜叼着纸烟，热闹得更起劲了。大凡这个时候，最活跃的是青年男女，这几天女儿们如何疯张，大人们一般不管。他们就三三两两地一边看社火，一边直瞅着人窝中的中意的人。有暗中察访的，有叫同伴偷偷相看的，也常有的干脆就跑到河边树林子里去了。

棣花就是这样的地方，山美，水美，人美。所以棣花的姑娘从不愿嫁到外地；外地的姑娘却千方百计要嫁到棣花。农民辛辛苦苦地劳动，年复一年，但辛苦得乐哉，寿命便长，十六个小队里，队队都有百岁老人。

缘分

一九九五年七月，周涛邀我和宋丛敏去新疆，支使了郭不、王树生陪吃陪住陪游。先在乌鲁木齐一礼拜，还要再往西去，王树生因事难以远行，就只剩下郭不。郭不说：没事，我有的是拳脚，什么地方不能去得？！三人便换了长衫，将钱装在裤衩兜里，坐飞机便到了喀什。

依周涛原定的计划，在喀什由喀什公安处接待。但一下飞机，有一个女的却找到我们，自我介绍叫郭玉英，丈夫是南疆军区的检察长，是接到周涛的电话来迎接的，问我们将住在什么宾馆？我们还不知道公安处的安排，郭玉英说："喀什就那么大，到时候我来找，话说死，明日下午两点我来接你们去军区！"到了喀什，住在一家宾馆，宋丛敏就忙得鬼吹火。他是曾在这里工作过，给一个熟人打了电话，这个熟人竟联络了十多个熟人，于是，我和郭不又随着他不停地接待拜会，又去拜会他人。第二天的下午两点，专等着那个郭玉英，可两点钟没有来，直过了两个小时，估计郭玉英寻不着我们，正好是礼拜日，她去公安处了不好打听，我们又未留下她的电话，只好以后再说吧。四点二十，宋丛敏的旧友老曾来了电话，一定要让去他家，说馕已买下了，老婆也和了面，晚上吃揪面片。我们应允了，老曾说五分钟后他开车来接。刚过三分，门被敲响，惊奇老曾这么快的，开了门却是郭玉英。郭玉英满头大汗，说她在城里一个宾馆一个宾馆地找，找了两个多小时的。正说着，老曾就来了，这就让我们很为难，不知该跟谁走？郭玉英说："当然去军区，老曾你得紧远路客吧。"老曾无可奈何，就给家里挂电话，让老婆停止做揪面片，相跟着一块去军区。

军区在疏勒县，郭玉英的丈夫并不在家，郭玉英让我们吃着水果歇着，她去找检察长，约莫五分钟吧，一个军人抱着一块石头进屋，将石头随手放在窗下，说他姓侯，抱歉因开会没能去城里亲自迎接。我们便知道这是侯检察长了。接着郭玉英也进来，也是抱一块石头，径直放到卧室去。我是痴石头的，见他们夫妇都抱了石头回来，觉得有意思，便走到窗下看那石头，不看不知道，一看就大叫起来。这石头白色，扁圆状，石上刻凿一尊菩萨的坐像。我忙问："哪儿找的？"老侯说："从阿里弄的。"我说：

“你也收藏石头？”他说：“给别人弄的。”老侯似乎很平静，说过了就招呼我们去饭馆吃饭。我把石头又抱着看了又看，郭不悄悄说：“起贪婪心啦？！”我说：“我想得一块佛画像石差不多想疯了，没想在这儿见着！”郭不笑笑，再没有说话。

在饭桌上，自然是吃酒吃菜，我不喝酒，但大家却都喝得高兴，也没那些礼节客套，一尽儿随形适意。老侯是言语短却极实在人，对我们能到他这里来感到高兴，说新疆这里也没什么好送的，只是英吉沙小刀闻名于世，他准备了几把。郭不就给老侯敬酒，说，老侯，你真要送个纪念品，我知道贾老师最爱的是石头。我去过他家，屋里简直成了石头展览馆了，你不如把刚才抱的那个石头送给他。郭不话一出口，我脸就红了，口里支吾道：“这，这……”心里却感激郭不知我。老宋更趁热打铁，说：“平凹也早有这个意思！”老侯说：“贾老师也爱石头？那我以后给你弄，这一块我答应了我的一个老领导的。你说那石头好吗？”我说：“好！”郭不说：“贾老师来一趟不容易，给老领导以后再弄吧，这一块让贾老师先带上。”老侯说：“那好。这一块给贾老师！”我、老宋、郭不几乎同时站起喊了个“好啊！”给老侯再续酒，又续酒。

吃罢饭，去老侯家就取了石头。这石头我从疏勒抱回喀什，从喀什抱回乌鲁木齐，从乌鲁木齐抱回到西安，现供奉在书房。

日日对这块石头顶礼膜拜时，我总想：如果当时在乌鲁木齐决定去北疆还是去南疆时不因老宋曾在喀什工作过而不去南疆，这块佛像石就难以得到了。如果到了喀什，周涛未给郭玉英打电话，这块佛像石也难以得到了。如果那个礼拜天郭玉英迟来两分钟，我们去了老曾家，这块佛像石也难以得到了。如果去了郭玉英家，老侯先一分钟把佛像石抱回家然后在门口迎接我们，这块佛像石也难以得到了。如果老侯抱了佛像石如郭玉英一样抱放在卧室，我们不好意思去人家卧室，这块佛像石也难以得到了。如果老侯的老领导还在疏勒，这块佛像石也难以得到了。如果酒桌上郭不不那么说话，我又启不开口，这块佛像石也难以得到了。这一切的一切，时间卡得那么紧，我知道这全是缘分。我为我有这个缘分而激动得夜不能寐。

为了更好地珍藏这块佛像石，我在喀什详细了解这佛像石的来历，在乌鲁木齐又请一些历史学家论证。回到西安再查阅资料，得知：

一、此佛像石来自西藏阿里的古格王国。古格王国始于七百年前，终于三百年前。王国城堡遗址至今完好，有冬宫和夏宫，宫内四壁涂赤红色，壁画奇特。墙壁某处敲之空响，凿开里边尽是小欢喜佛泥塑，形象绝妙。但为模范制作。王国传说是在一场战争中灭亡的，现随处可见残戈断剑、人的头骨、马的遗骸。山下通往山上的通道两旁，摆着这种佛像石，是当地佛教徒敬奉或来此处祈祷神灵而择石凿刻的。

二、阿里属西藏的后藏，从喀什坐三天三夜汽车，翻越海拔四千五百米以上的雪原，再行二百里方能到城堡的山下，一般人难以成行，成行又难以安全翻越雪原。即使到了城堡，还有藏民在城堡看守，并不是想拿什么就能拿了什么。

三、石是雪原上的白石，不是玉，却光洁无瑕，质地细腻，坚硬有油色。菩萨造型朴而不俗美而不艳，线条简约，构图大方，刻工纯熟，内地四大佛窟的塑像和永乐宫彩绘皆不能及。更可贵的是，任何人见之，莫不感受到一种庄严又神圣的气息，可能当地的信徒是以极虔诚的心情来刻凿的，与别处为塑像而塑像或纯艺术的塑像雕刻不同，又在西藏佛教圣地数百年，有了巨大的磁场信息。

有缘得此佛石，即使在喀什，许多信佛者、收藏奇石人、学者、画家、作家皆惊叹不已，他们知道有这种佛石，谋算了十多年未能如愿以偿的。此佛石归我后，正是我《白夜》出版的本月，对着佛石日夜冥思，我检讨我的作品里缺少了宗教的意味，在二十世纪的今日中国，我虽然在尽我的力量去注视着，批判着，召唤着，但并未彻底超越激情，大慈大悲的心怀还未完全。那么，佛石的到来，就不仅仅是一种石之缘和佛之缘，这一定还有别的更大的用意，我得庄严地对待，写下文字的记录。

等待

我和树发生过许多故事。记忆清楚的，一是小时候老家村后的牛头岭上有好多野桃，其中一株年年花开得很艳，而且时间长，大家都觉得稀罕。后来修梯田，把它挖了，挖到三米深，发现了一块小的石碑是墓志铭，上面记载着一个女子如何淑贤美貌，却在出嫁前的三天患急症死去。我那时不懂文物也不知收藏，石碑弄到什么地方去了已全然忘记，但思想过这野桃花开得红艳一定与那个女子有关。第二件是二十世纪九十年代中期，我第一次去杭州，朋友陪着游西湖，走到一个大门面前，瞧见门口正前方不足两米处长着一棵大树，我说：这家一定是个闲地方。朋友说：是个公园，你怎么知道？我说门中有木岂不是个闲字？！第三件是我自作聪明而懊丧不已的事。那一年，我父亲患胃癌在西安动了手术，送他回老家后，我突然发现院子里的梅李树上长了几个大疙瘩，当时想这些疙瘩恐怕是父亲身上肿瘤的外应吧，便用斧子把疙瘩砍了。第三年父亲还是因肿瘤过了世，我就又想或许这些疙瘩是树在转移父亲的肿瘤，而我却没有让转移成。

我是将树常常看作人的化身的，拥抱过好多树，也哀悼过好多树。

辛巳年我上了一次华山，见到了相当多的华山松，当我下山转过一个崖壁，我不知怎么就想起了一个人，这个人和我是朋友，但一定好久未见面了，心里就郁郁不乐起来。可一抬头，迎面有一棵松，树龄并不大的，树身在一半时斜折而长，树下是一块黑色的石头，猛然中我觉得这是我的朋友的身影，我的朋友个头高，腿特别长，伏在案前的时候就是这个姿态。这让我非常的惊喜和随之而来的对于一种神秘的惶恐。从华山回来后，我在电话里把见到那棵树的事告诉了我的那个朋友，朋友快活地笑着：你是想念我啦？我说：想念啦。朋友说：那就继续想念！我准备着说我等待着你也能想念我，朋友把电话却已放下了。

夜里，有些凉，又睡不着，披衣起来画那印象中的松树，我把树下的那块石头画成了一只狗，一只目光已经痴呆的很傻的狗。

两代人

一

爸爸，你说：你年轻的时候，狂热地寻找着爱情。可是，爸爸，你知道吗？就在你对着月光，绕着桃花树一遍一遍转着圈子，就在你跑进满是野花的田野里一次一次打着滚儿，你浑身沸腾着一股热流，那就是我；我也正在寻找着你呢！

爸爸，你说：你和我妈妈结婚了，你是世上最幸福的人。可是，爸爸，你知道吗？就在你新喜之夜和妈妈合吃了闹房人吊的一颗枣儿，就在你蜜月的第一个黎明，窗台上的长明烛结了灯彩儿，那枣肉里的核儿，就是我，那光焰中的芯儿，就是我——你从此就有了抗争的对头了！

二

爸爸，你总是夸耀，说你是妈妈的保护人，而善良的妈妈把青春无私地送给了你。可是，爸爸，你知道吗？妈妈是怀了谁，才变得那么羞羞怯怯，似莲花不胜凉风的温柔；才变得绰绰雍雍，似中秋的明月丰丰盈盈？又是生了谁，才又渐渐褪去了脸上的一层粉粉的红晕，消失了一种迷迷离离的灵光水气？

爸爸，你总是自负，说你是妈妈的占有者，而贤惠的妈妈一个心眼儿关怀你。

可是，爸爸，你知道吗，当妈妈怀着我的时候，你敢轻轻撞我一下吗？妈妈偷偷地一个人发笑，是对着你吗？你能叫妈妈说清你第一次出牙，是先出上牙，还是先出下牙吗？你的人生第一声哭，她听见过吗？

三

爸爸，你总是对着镜子忧愁你的头发。你明白是谁偷了你的头发里的黑吗？你总是摸着自己的脸面焦虑你的皮肉。你明白是谁偷了你脸上的红吗？爸爸，那是我，是我。在妈妈面前，咱们一直是决斗者，我是输过，你是赢过，但是，最后你是彻底地输了。所以，你嫉妒过我，从小就对我不耐心，常常打我。

爸爸，当你身子越来越弯，像一棵曲了的柳树，你明白是谁在你的腰上装了一张弓吗？当你的痰越来越多，每每咳起来一扯一送，你明白是谁在你的喉咙里装上了风箱吗？爸爸，那是我，是我。在妈妈的面前，咱们一直是决斗者，我是输过，你是赢过，但是，最后你是彻底地输了。所以，你讨好过我，曾把我架在你的脖子上，叫我宝宝。

四

啊，爸爸，我深深地知道，没有你，就没有我，而有了我，我却是将来埋葬你的人。但是，爸爸，你不要悲伤，你不要忌恨，你要深深地理解：孩子是当母亲的一生最得意的财产，我是属于我的妈妈的，你不是也有过属于你的妈妈的过去吗？啊，爸爸，我深深地知道，有了我，我就要在将来埋葬你。但是，爸爸，你不要悲伤，你不要忌恨，你要深深地相信，你曾经埋葬过你的爸爸，你没有忘记你是他的儿子，我怎么会从此就将你忘掉呢？

佳人

那年走四川，见了许多人事，在笔记本上写了“好绿墙上苔，佳人竹下影”两句。今见此石，石中身影似曾相识，又不知是谁。看那披风裹身，楚楚而立，有点像秦淮河上的姐儿香君；盘头高髻，抱臂胸前，还像是宫中的武后媚娘；而眉眼敛收，面挂凄愁，分明又像了军营虞姬呢。女人能留下名的只有皇后妃姬和青楼女子，然而世上的蝴蝶多多，如张爱玲说，每一只蝴蝶都是女人来寻找前身的啊。

这一个春季，夜夜晴朗，黑里将门关好，不让月亮进来。朦胧之中，架上的此石愈发显白。石一显白，窗纱便嘶啦一响，天明开窗，窗台上就要有一只僵死的蝴蝶的。这样的蝴蝶死得很多，先以为是屋前那丁香树招引，而窗纱上又喷了灭蚊的药剂，后蓦地疑心起是为了石影。这么多的蝴蝶都为一个石影来，就理会石上的人并不是贵妃和名妓，而是寻常人家的妻女了。可怜的佳人，曾经是张氏或是王女，活着在芸芸众生里，死了灵魂也难以寻觅吗？在窗台上为众蝴蝶收尸，压在书本里，又拼贴成一幅画来——两世里不知名与姓的，毕竟还留下了美丽。

哭三毛

三毛死了。我与三毛并不相识，但在将要相识的时候，三毛死了。三毛托人带来口信嘱我寄几本我的新书给她。我刚刚将书寄去的时候，三毛死了。我邀请她来西安，陪她随心所欲地在黄土地上逛逛，信函她还未收到，三毛死了。三毛的死，对我是太突然了。我想三毛对于她的死也一定是突然，但是，就这么突然地将三毛死了，死了。

人活着是多么地不容易，人死灯灭却这样快捷吗？

三毛不是美女，一个高挑着身子，披着长发，携了书和笔漫游世界的形象，年轻的坚强而又孤独的三毛对于大陆年轻人的魅力，任何局外人做任何想象来估价都是不过分的。许多年里，到处逢人说三毛，我就是那其中的读者，艺术靠征服而存在，我企羡着三毛这位真正的作家。夜半的孤灯下，我常常翻开她的书，瞧着那一张似乎很苦的脸，想她毕竟是海峡那边的女子，远在天边，我是无缘等待得到相识面谈的。可我怎么也没有想到，一九九〇年十二月十五日，我从乡下返回西安的当天，蓦然发现了《陕西日报》上署名孙聪先生的一篇《三毛谈陕西》的文章。三毛竟然来过陕西？我却一点不知道！将那文章读下去，文章的后半部分几乎全写到了我。

> 三毛说："我特别喜欢读陕西作家贾平凹的书。"她还专门告诉我普通话念"凹"为"āo"，但我听北方人都念"wā"，这样亲切所以她一直也念平凹（wā）。她告诉我："在台湾只看到了平凹的两本书，一本是《天狗》，一本是《浮躁》。我看第一篇时就非常喜欢，连看了三遍，每个标点我都研究，太有意思了，他用词很怪可很有味，每次看完我都要流泪。眼睛都要看瞎了。他写的商州人很好。这两本书我都快看烂了。你转告他，他的作品很深沉，我非常喜欢，今后有新书就寄我一本。我很崇拜他，他是当代最好的作家，当然这只是我个人的看法。他的书写得很好，看许多书都没像看他的书这样连看几遍，有空就看，有时我就看平凹的照片，研究他，他脑子里的东西太多了……大陆除了平凹的作品外，还爱读张贤亮和钟阿城的作品……"

读罢这篇文章，我并不敢以三毛的评价而扬扬得意，但对于她一个台湾人，对于她一个声名远震的作家，我感动着她的真诚、直率和坦荡，为能得到她的理解而高兴。也就在第二天，孙聪先生打问到了我的住址赶来，我才知道他是省电台的记者，于一九九〇年的十月在杭州花家山宾馆开会，偶尔在那里见到了三毛，这篇文章就是那次见面的谈话记录。孙聪先生详细地给我说了三毛让他带给我的话，说三毛到西安时很想找我，但又没有找，认为“从他的作品来看他很有意思，隔着山去看，他更有神秘感，如果见了面就没意思了，但我一定要拜访他”。说是明年或者后年，她要以私人的名义来西安，问我愿不愿给她借一辆旧自行车，陪她到商州走动。又说她在大陆几个城市寻我的别的作品，但没寻到，希望我寄她几本，她一定将书钱邮来，并开玩笑地对孙聪说：“我去找平凹，他的太太不会吃醋吧？会烧菜吗？”还送我一张名片，上边用钢笔写了：“平凹先生，您的忠实读者三毛。”于是，送走了孙聪，我便包扎了四本书去邮局，且复了信，说盼望她明年来西安，只要她肯冒险、不怕苦、不怕狼、能吃下粗饭、敢不卫生，我们就一块骑旧车子去一般人不去的地方逛逛，吃地方小吃，看地方戏曲，参加婚丧嫁娶的活动，了解社会最基层的人事。这书和信是十二月十六日寄走的。我等待着三毛的回音，等了二十天，我看到了报纸上的消息：三毛在两天前自杀身亡了。

三毛死了，死于自杀。她为什么自杀？是她完全理解了人生，是她完成了她活着要贡献的那一份艺术，是太孤独，还是别的原因，我无法了解。作为一个热爱着她的读者，我无限悲痛。我遗憾的是我们刚刚要结识，她竟死了，我们之间相识的缘分只能是在这一种神秘的境界中吗？！

三毛死了，消息见报的当天下午，我收到了许多人给我的电话，第一句都是："你知道吗？三毛死了！"接着就沉默不语，然后差不多要说："她是你的一位知音，她死了……"这些人都是看到了《陕西日报》上的那篇文章而给我打电话的。以后的这些天，但凡见到熟人，都这么给我说三毛，似乎三毛真是我的什么亲戚关系而来安慰我。我真诚地感谢着这些热爱三毛的读者，我为他们来向我表达对三毛死的痛惜感到荣幸，但我，一个人静静地坐下来的时候就发呆，内心一片悲哀。我并没有见过三毛，几个晚上都似乎梦见一个高高的披着长发的女人，醒来思忆着梦的境界，不禁就想到了那一幅《洛神图》古画。但有时硬是不相信三毛会死，或许一切都是讹传，说不定某一日三毛真的就再来到了西安。可是、可是，所有的报纸、广播都在报道三毛死了，在街上走，随时可听见有人在议论三毛的死，是的，她是真死了。我只好对着报纸上的消息思念这位天才的作家，默默地祝愿她的灵魂上天列入仙班。

三毛是死了，不死的是她的书，是她的魅力。她以她的作品和她的人生创造着一个强刺激的三毛，强刺激的三毛的自杀更丰富着一个使人永远不能忘记的作家。

老木的故事

逛街逛到一家卖饺子的饭馆门前，我听到了关于这家饭馆老板的故事。该饺子馆原先是个小门面，几年间生意红火，扩建成三层楼，老板心思就大了，想：如今什么都讲究个文化，咱也在这饺子上搞搞这劳什子。遂拿出二十万元，请人召集国内一批专家学者来研讨饺子。这些专家学者开了七天会，形成的结论是饺子起源于性崇拜，其形状就是模拟女生殖器而演变的。结论汇报给了老板，老板说：我花了二十万就是让你们证明了我是个卖×的？！

说故事的是老木，他还要说下去，一个警察直着眼就走过来。“把你的刀子交出来！”警察说。老木的提包里是装着一把刀子的，刀子很长，刀把露在提包外。刀子便被警察没收了。老木莫名其妙：为什么要没收刀子？警察说：“带刀子上街有抢劫的嫌疑！”老木就愤怒了：“那我还带着生殖器的，也该怀疑是强奸犯啦？！”

刀子最终没有被没收。我对老木说，今日的故事我也得给别人说呀，饺子有饮食文化，刀子有治安文化，你这文化人也有文化人文化啊。

静

去年秋季，我去兴庆宫公园划了一次船。去的那天，天阴，没有太阳，但也没有下雨，游人少极少极的。我却觉得这时节最好了，少了那人的吵闹，也少了那风声雨声；天灰灰的，路见些明朗，好像一位端庄的少妇，褪了少女的欢悦，也没上了年纪的人的烦躁，恰是到了显着本色的好处。

同游的是我的妻，她最是懂得我；新近学着作画，是东山魁夷的崇拜者。我们租得一只小船，她坐船首，我坐船尾；这船就是我们的，盛满了脉脉的情味。桨在岸上一点，船便无声地去了。我们蓦地一惊，平日脚踏实地的一颗心，顿时提了起来，一时觉得像飞出了地球的吸引层，失去了重量，也失去了控制，一任飘飘然去了。

船箭一般地飞去了四五米，突然一个后退，一瞬间地停止了，像一个迷离离的梦，突然醒了，觉得凭一只木船，身已在了水上。心倒妥妥地落下来，默默看着对方，都脸色苍白，脖颈上的筋努力地用劲，便无声地笑了。妻说：古人讲羽化而登仙，其实大致如此，并不会轻松的。这话倒也极是。

倏忽间，船就打旋起来，像一片落下的柳叶，便见光滑的水面有了波纹，像放射了电波，一个弧圈连着一个弧圈，密密的，细细的，传到湖心。以前只认为水是无生命的，现在却是有了神经；神经碰在了岸上，又折回来，波纹就不再是光洁的弧线，成了跳跃的曲线，像书写的外文，同时有一股麻酥酥的滋味袭上心头了。桨继续划动着，起落没有声息，无数的漩涡儿悠悠地向四边溜去，柔得可爱，腻得可爱，妻用手去捉拿，但一次也没有成功。

我们调正了方向，向湖心划去，妻终是力小，船老向一边弯，末了就兜着圈儿。她坐到船尾来，我们紧挨着，一起落桨，一起用力，船首翘起来，船尾似乎就要沉了，但水终没有涌进后舱。我们身子深深往下落，正好可以平视那湖面。水和天并没有相接，隔着的是一痕长堤，堤边密密地长了灌木，叫不上名儿，什么藤蔓缠得黏黏糊糊。堤上是枫树和垂柳，枫叶呈三角模样，把天变成像撒开的小纸片儿，垂柳却一直垂到树下，像是齐齐站了美人，转过身去，披了秀发，使你万般思绪，去猜想她的眉眼。湖面上，远处的水纹迅速地过来了，过来了，看了好久，那水纹依然离得我们很远，像美人的眨着的脉脉的眼，又像是嘴边的绽着的羞涩涩的笑。我们终于明白那柳之所以背过去，原来将眉眼留在了水里。

船到湖心，我们便不再划，将桨双双收在舱里，任船儿自在。妻便作起画来，我仰躺在船里，头枕在船帮，兀自看着天。天也是少妇的脸，我突然觉得天和这水，端庄者对端庄者，默默地相视；它们是友好的，又是距离着，因为它们不像月亮绕太阳太紧，出现月圆月缺，它们永远的天是天，水是水，千年万年。我还要再想下去，突然一时万念俱灭，空白得如这天，如这水一般的了。

划了两个钟头，湖面上依然没有第二只船，一切都是水，灰灰的，白白的。我一时想作些诗，来形容这水的境界，却无论如何想不出来。我去过革命公园的湖，那水里有了茸茸的绿藻，绿得有些艳了；也去过莲湖公园的湖，那里生了锈红的浮萍，红得有些俗了；全没有兴庆宫公园的湖来得单纯，来得朴素。我只好说，兴庆宫公园湖里的水，单纯得像水一样，朴素得像水一样。

诗没有作成，我起身去看妻的画，她却画了一痕土岸，岸上一株垂柳，一动不动的一株垂柳，柳条自上而下，像一条条拉直的线。柳的下方，是一只船，孤零零的一只船。除此都空白了。我说，我看懂了这画，我不必要再作诗了，她真是东山魁夷的弟子，是最深知这兴庆宫公园的湖水了。

伍

万物静观皆自得

土彩罐

二〇〇四年八月，有人送我一个土彩罐，唐代的，朱砂底色，绘牡丹百花，很是艳丽。我把它放在案几上。

一日上午，我在书房，一股风从窗子进来，土彩罐里却有响声，呜呜呜，像吹口哨。风过罐口会有响动，但土彩罐的声音幽细有致，我就盯着它看。

字典里有一个词叫御风，这词虽好，但有些霸气，我还是喜欢陕西的一个县名：扶风。这日我又读到《西京杂记》上一段话，还是说到风，我就把它书写了下来：乐游苑自生玫瑰树，树下有苜蓿……风在其间常萧萧然，日照其花，有光彩，故名苜蓿为怀风。

《西京杂记》的话刚写完，土彩罐就响，土彩罐应该也怀风。

土彩罐是谁家曾经用过，又埋在了谁的墓里，这些我都不知道，它贯穿了阳间和阴间，肯定有着许多故事。

每个人出生的时候自己在哭，死亡的时候又是别人在哭。这些事土彩罐一定知道。但是，每个人都是在父母做爱中产生的，一生又都是在爱的纠缠中度过，这些事土彩罐也一定知道。土彩罐从谁家的家里、墓里而来到我这里，它是来采集我的故事吗？

土彩罐还在呜呜呜地响，像吹口哨，我走过去关了窗子。从窗子看出去，外边是下了雨，街上有无数的人，我看见无数的人在雨中走着走着就化了。

人是从泥土里来的，终究又变为泥土，这土彩罐是一种什么形状呢？御风罢，扶风罢，怀风罢，只有这风，风是泥土捏的东西的灵魂。

记五块藏石

红蛙

红灵璧石，样子像蛙，不多一分，也不少一分；是站在田埂欲跳的那一种，或许是瞧见了稻叶上的一只蜻蜓的那个瞬间，形神兼备。它的嘴大而扁，沿嘴边一道白线。眼睛突鼓，粉红一圈，中间为红中泛紫色，产生一种水汪汪的亮色。通体暗红，颚下以至前爪红如朱砂。

来人初见，莫不惊讶，久看之，颚下部似乎一呼一吸地动。我名凹，蛙与凹同音，素来在宴席上不食青蛙和牛蛙，得之此石，以为是生灵回报，珍视异常，置于案上石佛的左侧，让其成神。

乌鸦

家人属相是鸡，恰生日前得此葡萄玛瑙石，甚为吉祥。玛瑙石本身名贵，如此大的体积又酷像鸡就更稀罕。脖子以上，密集葡萄珠，乌黑如漆，翅至尾部色稍浅，光照透亮。

我藏石头，一半是朋友赠送或自捡，一半是以字画换取，一幅字可换数件石，而此石来自内蒙古，要价万元，几经交涉到八千元，遂书四幅斗方。

小鬼

灵璧石，完整无损的小人形状，有双目，有鼻有口，头颅椭圆。身子稍倾斜，双手相拱。有肚脐眼和身。极其精灵幽默。买时围观者很多，都说此石太像人，但因双目深陷如洞，像是鬼，嫌放在家里害怕。

我不怕鬼，没做亏心事，而且鬼有鬼的可爱处，何况家里画的有钟馗像哩。

珊瑚

这是一块巨大的珊瑚化石。我喜欢大的。搬上楼的时候，四个人抬的，放在厅里果然威风得很。整个石头是焦黑色，珊瑚节已磨平，呈现出鱼鳞一样的甲纹。

珊瑚石许多，但如此大的平石板状的珊瑚石恐怕是极少极少的吧。我题词：海风山骨。唯一担心的是楼板负重不起，每次移动莫不小心翼翼。

胡琴

以前我有个树根，称谓美人琴，后来送了别人。又曾得到过一个八音石，敲之音韵极好，但没有形状。这块石头下是一椭圆，上是一个长柄，像琵琶，但比琵琶杆儿长了许多，且长柄梢稍弯，有几处突出的齿，我便称之为胡琴。

此胡琴无弦的，以石敲之，各处音响不同。朋友送我的时候，是在酒席上，他喝多了，说有个宝贝，你如果说准琴棋书画中的一个就送你。我不加思索说是琴。他仰天长叹：这是天意！

我怕他酒醒反悔，立即去他家，到家时他酒醒了，抱了这石琴一边作弹奏动作一边狂歌，样子让人感动，我就不忍心索要了。但他豪爽，一定要送我，再一次说：这是天意，这是缘分啊！

人与石头确实是有缘分的。这些石头能成为我的藏品，却有一些很奇怪的经历，今日我有缘得了，不知几时缘尽，又归落谁手？好的石头就是这么与人产生着缘分，而被人辗转珍藏在世间的。

或许，应该再换一种思维，人与自然万物的关系不仅仅是一种和谐，我们其实不一定是万物之灵，只是普通一分子，当我们住进一所房子后，这房子也会说：我们有缘收藏了这一个人啊！

拴马桩

二十世纪的九十年代，西安人热衷收藏田园文物。我先是在省群众艺术馆的院子里看到了一大堆拴马石桩，再是见在碑林博物馆内的通道两旁栽竖了那么长的两排拴马桩，后就是又在西北大学的操场角见到数百根拴马桩。拴马桩原本是农村人家寻常物件，如石磨石碾一样，突然间被视为艺术珍品，从潼关到宝鸡，八百里的关中平原上对拴马石桩的抢收极度疯狂。据说有人在城南辟了数百亩地做园子，专门摆列拴马石桩，而我现居住的西安美术学院里更是上万件的石雕摆得到处都是，除了石鼓、石柱础、石狮、石羊、石马、石门梁、石门墩、石碌、石槽外，最多的还是拴马石桩。这些拴马石桩有半人高的，有一人半高的，有双手可以合围的，有四只手也围不住的，都是四棱，青石，手抚摸久了就起腻发黑生亮。而拴缰绳的顶部一律雕有人或动物的形象，动物多为狮为猴，人物则千奇百怪或嬉或怒或嗔或憨，生动传神。我每天早晨起来，固定的功课就是去这些石雕前静然默思，我觉得，这些千百年来的老石头一定是有了灵性的，它们曾经为过去的人所用，为过去的人保平安和吉祥。在建造时有其仪式，在建造过程中又于开关、就位上有其讲究，甚至设置了咒语，那么，它们必然会对我的身心有益。

任何文物的收藏，活跃着的，似乎都是一些个人行为，其实最后皆为国家、社会所有，它之所以是文物，是辗转了无数人的手，与其说人在收藏着它们，不如说它们在轮换着收藏着人。二十世纪之初，于右任和张钫凭借了他们的权势和智慧，大量收藏过关中的墓碑，他们当时有过协定，唐以前的归于右任，唐以后的归张钫。近百年过去了，于右任收藏的墓碑都竖在了碑林博物馆，而张钫的那些墓碑运回河南老家，现在也成了“千唐志斋”博物馆。于右任和张钫是书法家，他们只收藏有文字的墓碑。后来，又有了个美术教育家王子云，他好绘画，好雕塑，就风餐露宿踏遍了关中，访寻和考察了关中的石雕，写成报告并带回大量的实物拓片。但是，于右任、张钫和王子云并没有注意到拴马石桩之类，可能那时关中的石刻石雕太多了，战乱年间，他们关注的是那些面临毁坏的官家的、寺院的、帝王陵墓上的东西，拴马石柱之类太民间了，还没有也来不及进入他们的视野。地面上的文物是一茬茬地被挑选着，这如同街头上的卖杏，顾客挑到完也卖到完，待到这些拴马石桩之类的东西最后被收集到，才发现这些民间的物件其美术价值并不比已收集了的那些官家的寺院的陵墓上的东西低。西安是世界性的旅游城市，可大多的游客只是跟着导游去法门寺去秦始皇兵马俑博物馆，在那如蚁的人窝里拥挤、流汗，将大把的钱扔出去。他们哪里知道骑一辆单车到一些单位和人家去观赏更有玩味的拴马石桩一类的石雕呢？我庆幸我新居到了西安美术学院，抬头低眼就能看到这些宝贝，别人都在“羊肉泡馍”馆里吃西安的正餐的时候，我坐在家里品尝着“肉夹馍”小吃的滋味。

我在西安美术学院的拴马石桩林中，每一次都在重复着一个感叹：这么多的拴马石桩呀！于是又想，有多少拴马石桩就该有多少匹马的，那么，在古时，关中平原上有多少马呀，这些马是从什么时候起消失了呢？现在往关中平原上走走，再也见不到一匹马了，连马的附庸骡、驴，甚至牛的粪便也难得一见。

有这样一个故事，说有人学会了降龙的本领，但他学会了降龙本领的时候世上却没有龙。如今，马留给我们的是拴马的石桩，这如同我们种下了麦子却收到了麦草。好多东西我们都丢失了，不，是好多东西都抛弃了我们，虎不再从我们，鹰不再从我们，连狼也不来，伴随我们的只是蠢笨的猪、谄媚的狗，再就是苍蝇蚊子和老鼠。西安的旅游点上，到处出售的是布做的虎。我去拜访过一位凿刻了一辈子石狮的老石匠，他凿刻的狮子远近闻名，但他去公园的铁笼里看了一回活狮，他对我说：那不像狮子。人类已经从强健沦落到了孱弱，过去我们祖先司空见惯并且共生同处的动物现在只能成为我们新的图腾艺术品。我们在欣赏这些艺术品的时候，更多地品尝到了我们人的苦涩。

在关中平原大肆收购拴马石桩一类石雕的风潮中，我也是狂热的一员。去年的秋天，我们开着车走过了渭河北岸三个县，刚刚到了一个村口，一个小孩儿扭身就往巷道里跑，一边跑一边喊：西安人来了！西安人来了！立即巷道里的木板门都哐啷哐啷打开，出来了许多人把我们围住，而且鸡飞狗跳。我说：西安人来了怎么啦，又不是鬼子进了村？！他们说：你们是来收购拴马石桩的？原来这个村庄已经被来人收购过三次了。我们仍不死心，还在村里搜寻，果然发现在某家院角是有一根的，但上边架满了玉米棒子，在另一家茅坑还有两根，而又有一家，说他用三根铺了台阶，如果要，可以拆了台阶。这让我们欢喜若狂，但生气的事情立即发生了，他们漫天要价，每一根必须出两千元，否则只能看不能动的。农民就是这样，当十年前第一次有人收集拴马石桩，他们说石头么，你能拿动就拿走吧，帮着你把拴马石桩抬到车上，还给你做了饭吃，买了酒喝，照相时偏要在院门口大声吆喝，让村人都知道西安人是来到了他们的家。而稍稍知道了西安人喜欢这些老石头，是什么艺术品，一下子把土坷垃也当作了金砣子。那一次，我们是明明白白吃了大亏购买了五根拴马石桩。

也就在这一次收购中，我们明显地感觉出农村的萧条，几乎到任何一个村庄，能见到的年轻人很少，村口或巷道里站着和坐着的多是一些老人和孩子，询问有没有拴马石桩，他们用白多黑少的眼睛疑惑地看你，然后再疑惑地看停在旁边的汽车，说：那得掏钱买哩。我们说当然要掏钱的，他们才告诉你有或者没有，又说：还有牛槽的，还有石门墩哩。领着你去看了，或许有一根两根，不是断裂就是雕刻已残损得失去形状，但他们能拿出石门墩来，牛槽来，还有石碌碡、打胡基的础子、砸蒜的石臼，都是现代物件，说：买了吧，我们缺钱啊。看得出他们是确实缺钱，衣衫破烂，面如土色，每个老人的后脖颈壅着皱褶，晒得黑红如酱，你无不生出同情心来。被同情之人必有可恨之处，也就这些人，和你论起价来，要么咬一个死数，然后就呼呼噜噜吃他的饭，饭吃完了又一遍一遍伸出舌头舔碗，不再出声，而另一个则舌如巧簧，使你毫无还嘴之机。买卖终于是做成了，我们的车却在另一条巷里受阻，因为有人家在办丧事，一群人乱得像热锅上的蚂蚁，急声催喊着快去邻村喊人，他们有气力的劳力已经极少，必须两个村或三个村的青壮劳力方能将一具棺材抬往坟墓。

在一片哀乐中，两个村庄的年轻人合伙将棺材抬出村去。我不禁有了一种苍凉之意，千百年来，农民是一棵草一棵树从土里生出来又长在土上，现在的农民却大量地从土地上出走了。马留给了我们一根一根拴马的石桩，在城市里成为艺术的饰品，农民失去了土气，游荡于城市街头的劳务市场，他们是被拔起来的树，根部的土又都在水里抖刷得干干净净，这树能移活在别处吗?

开着收购来的拴马石桩的车往城里走，我突然质疑了我的角色，这是在抢救民间的艺术呢，还是这个浮躁的年代的一个帮凶或者帮闲?

当西安美术学院分配了我那套楼下一层的房子时，窗外是早栽竖了三根拴马石桩。我曾因窗外有这三根拴马石桩而得意过，而现在，我却为它悲哀：没有我的时候是有马的时代，没有了马的时代我只有守着拴马石桩而哭泣。

佛像

我是文坛著名的病人，差不多的日子都是身体这儿不舒服那儿又难受，尤其在三十出头的年龄里患上了乙肝，一直病蔫蔫近二十年。这几年胳膊腿儿来了劲儿，肝病竟没事了。得知肝病没了，许多人都来讨药方，我答复是：我吃药打针太多了，也不知是哪种药哪种针起了效果，但我觉得有两点可以使自己健康，那便是精神放松和多做好事。

精神放松我是这样的：不就是个病吗，我们每个人都要体验到死却体验了无法再总结，而病是生与死的过渡，是可以成为参透人生的一次哲学课啊！能很快治好当然好，一时治不好就与病和平相处，受折磨要认定是天意就承受折磨，最后若还治不好，大不了就是死么，活着都不怕还怕死？至于做好事我做得更好，能帮别人的事就帮别人的事，帮不了别人的事就倾听别人诉说。与生人相处要尊重生人，与熟人相处要宽容熟人。要求朋友不能像要求家人，要求家人不能随心所欲，修炼大胸襟为目标，爱个小零钱就停止。

每做了一件好事，心情非常愉快。这愉快是不能告白别人的，于是就感谢佛，给佛画像。

我画了许许多多的佛像。

壁画

陕西的黄土厚，有的是大唐的陵墓，仅挖掘的永泰公主的，章怀太子的，懿德太子的，房陵公主的，李寿、李震、李爽、韦泂、章浩的，除了一大批稀世珍宝，三百平方米的壁画就展在博物馆的地下室。这些壁画不同于敦煌，墓主人都是皇戚贵族，生前过什么日子，死后还要过什么日子，壁画多是宫女和骏马。有美女和骏马，想想，这是人生多得意事！

去看这些壁画的那天，馆外极热，进地下室却凉，门一启开，我却怯怯地不敢进去。看古装戏曲，历史人物在台上演动，感觉里古是古，我是我，中间总隔了一层。在地下室从门口往里探望，我却如乡下的小儿，真的偷窥了宫里的事。“美女如云”，这是现今描写街上的词，但街上的美女有云一样的多，却没云那样的轻盈和简淡。我们也常说“唐女肥婆”，甚至怀疑杨玉环是不是真美？壁画中的宫女个个个头高大，耸鼻长目，丰乳肥臀，长裙曳地，仪表万方，再看那匹匹骏马，屁股滚圆，四腿瘦长刚劲，便得知人与马是统一的。唐的精神是热烈、外向，放恣而大胆的，它的经济繁荣，文化开放，人种混杂，正是现今西欧的情形。我们常常惊羡西欧女人的健美，称之为“大洋马”，殊不知唐人早已如此。

我爱唐美人。

我走进了地下室，一直往里走，从一九九七年走到五九三年，敦煌的佛画神秘莫测，这些宫女，古与今的区别仅在于服饰，但那丰腴圆润的脸盘，那毛根出肉的鬓发，那修长婀娜的体态，使我感受到了真正的人的气息。看着这些女子，我总觉得她们在生动着，是活的，以致看完这一个去看那一个，侧身移步就小心翼翼，害怕走动碰着了她们。她们是矜持的，又是匆忙的，有序地在做她们的工作，或执盘，或掌灯，或挥袖戏鹅，或观鸟捕蝉，对于陌生的我，不媚不凶，脸面平静。这些来自民间的女子，有些深深的愁怨和寂寞，毕竟已是宫中人，不屑于我这乡下男人，而我却视她们是仙人，万般企慕，又自惭形秽了。《红楼梦》中贾宝玉那个痴呆呆的形状，我是理解他了，也禁不住说句“女儿是水做的，男人是泥做的”了。看呀，看那《九宫女》呀，为首的梳高髻，手挽披巾，相随八位，分执盘、盒、烛台、团扇、高足杯、拂尘、包裹、如意，顾盼呼应，步履轻盈。

天哪，那第六位，简直是千古第一美人呀，她头梳螺髻，肩披纱巾，长裙曳地，高足杯托得多好，不高不低，恰与婉转的身姿配合，长目略低，似笑非笑，风韵卓绝，我该轻呼一声“六妹”了！这样纯真高雅的女子，我坚信当年的画师不是凭空虚构的，一定是照生前真人摹绘，她深锁宫中，连唐时也不可见的，但她终于让我看到了，我看到了已经千年的美人。

“美人千年已经老了！”同我去看壁画的友人说。

友人的话，令我陡然悲伤，但友人对于美人老却感到快意。我没有怨恨友人，对于美人老的态度，从来都是有悲有喜的两种情怀，而这种秉性可能也正是皇戚贵族的复杂心理，他们生前占有她，死后还要带到阴间去，留给后世只是老了的美人。这些皇戚贵族化为泥土，他们是什么狗模人样毫无痕迹，而这却留在壁画里，她们的灵魂一定还附在画上。灵魂当然已是鬼魂，又在墓穴里埋了上千年，但我怎么不感到一丝恐怖，只是亲切，似乎相识，似乎不久前在某一宾馆或大街上有过匆匆一面？我对友人说：你明白了吗，《聊斋志异》中为什么秀才在静夜里专盼着女鬼从窗而入？！

参观完了壁画，我购买了博物馆唐昌东先生摹古壁的画作印刷品，我不愿“六妹”千余年在深宫和深墓，现在又在博物馆，她原本是民间身子，我要带她到我家。我将画页悬挂室中，日日看着，盼她能破壁而出。我说，六妹，我不做皇戚贵族宫锁你，我也没金屋藏匿你，但我给你自在，给你快乐，还可以让你牧羊，我就学王洛宾变成一只小羊，让你拿皮鞭不断轻轻打在我的身上。

陶俑

秦兵马俑出土以后，我在京城不止一次见到有人指着在京工作的陕籍乡党说："瞧，你长得和兵马俑一模一样！"话说得也对，一方水土养一方人，一方人在相貌上的衍变是极其缓慢的。我是陕西人，又一直生活在陕西，我知道陕西在西北，地高风寒，人又多食面食，长得腰粗膀圆，脸宽而肉厚，但眼前过来过去的面孔，熟视无睹了，倒也弄不清陕西人长得还有什么特点。史书上说，陕西人"多刚多蠢"，刚到什么样，又蠢到什么样，这可能是对陕西的男人而言，而现今陕西是公认的国内几个产美女的地方之一，朝朝代代里陕西人都是些什么形状呢，先人没有照片可查，我只有到博物馆去看陶俑。

最早的陶俑仅仅是一个人头，像是一件器皿的盖子，它两眼望空，嘴巴微张。这是史前的陕西人。陕西人至今没有小眼睛，恐怕就缘于此，嘴巴微张是他们发明了陶埙，发动起了沉沉的土声。微张是多么好，它宣告人类已经认识到自己在这个世界上的位置，它什么都知道了，却不夸夸其谈。陕西人鄙夷花言巧语，如今了，还听不得南方“鸟”语，骂北京人的“京油子”，骂天津人的“卫嘴子”。

到了秦，就是兵马俑了。兵马俑的威武壮观已妇孺皆晓，马俑的高大与真马不差上下，这些兵俑一定也是以当时人的高度而塑的，那么，陕西的先人是多么高大！但兵俑几乎都腰长腿短，这令我难堪，却想想，或许这样更宜于作战。古书上说“狼虎之秦”，虎的腿就是矮的，若长一双鹭鸶腿，那便去做舞伎了。陕西人的好武真是有传统，而善武者沉默又是陕西人善武的一大特点。兵俑的面部表情都平和，甚至近于木讷，这多半是古书上讲的愚，但忍无可忍了，六国如何被扫平，陕西人的爆发力即所说的刚，就可想而知了。

秦时的男人如此，女人呢，跪坐的俑使我们看到高髻后挽，面目清秀，双手放膝，沉着安静，这些俑初出土时被认作女俑，但随着大量出土了的同类型的俑，且一人一马同穴而葬，又唇有胡须，方知这也是男俑，身份是在阴间为皇室养马的“围人”。哦，做马夫的男人能如此清秀，便可知做成女人的容貌也姣好了。女人没有被塑成俑，是秦男人瞧不起女人还是秦男人不愿女人做这类艰苦工作，不可得知。

如今南方女人不愿嫁陕西男人，嫌不会做饭、洗衣、裁缝和哄孩子，而陕西男人又臭骂南方男人竟让女人去赤脚插秧、田埂挑粪，谁是谁非谁说得清？

汉代的俑就多了，抱盾俑、扁身俑、兵马俑。俑多的年代是文明的年代，因为被殉葬的活人少了。抱盾俑和扁身俑都是极其瘦的，或坐或立，姿容恬静，仪态端庄，服饰淡雅，面目秀丽，有一种含蓄内向的阴柔之美。中国历史上最强盛的为汉唐，而汉初却是休养生息的岁月，一切都要平平静静过日子了，那时的先人是讲究实际的，俭朴的，不事虚张而奋斗的。陕西人力量要爆发时，那是图穷匕首现的，而蓄力的时候，则是长距离的较劲。汉时民间雕刻有“汉八刀”之说，简约是出名的，茂陵的石雕就是一例，而今，陕西人的大气，不仅表现在建筑、服饰、饮食、工艺上，待人接物、言谈举止莫不如此。犹犹豫豫、瞻前顾后，不是陕西人性格，婆婆妈妈、鸡零狗碎，为陕西人所不为。他不如你的时候，你怎么说他，他也不吭，你以为他是泼地的水提不起来了，那你就错了，他入水瞄着的是出水。

汉兵马俑出土最多，仅从咸阳杨家湾的一座墓里就挖出三千人马。这些兵马俑的规模和体型比秦兵马俑小，可骑兵所占的比例竟达百分之四十。汉时的陕西人是善骑的。可惜的是现在马几乎绝迹，陕西人自然少了一份矫健和潇洒。

魏晋南北朝的陶俑多是武士，武士里相当一部分是胡人。那些骑马号角俑、舂米俑，甚至有着人面的镇墓兽，细细看去，有高鼻深目者，有宽脸彪悍者，有眉清目秀者，也有饰“魋髻”的滇蜀人形象。

天王俑：且不管天王的形象多么威武，仅天王脚下的小鬼也非等闲之辈，它没有因被踩于脚下而沮丧，反而跃跃欲试，竭力抗争。这就令我想起当今陕西人，有那一类，与人抗争，明明不是对手，被打得满头满脸的血了却还往前扑。

三彩女侍俑：面如满月，腰际浑圆，腰以下逐渐变细，加上曳地长裙构成的大面积的竖线条，一点也不显得胖或臃肿，倒更为曲线变化的优美体态。身体健壮，精神饱满，以力量为美，这是那时的时尚。当今陕西女人，两种现象并存，要么冷静、内向、文雅，要么热烈、外向、放恣，恐怕这正是汉与唐的遗风。

骑马女俑：马是斑马，人是丽人，袒胸露臂，雍容高雅，风范犹如十八世纪欧洲的贵妇。

梳妆女坐俑：裙子高系，内穿短襦，外着半袖，三彩服饰绚丽，对镜正贴花黄。

随着大量的唐女俑出土，我们看到了女人的发式多达一百四十余种。唐崇尚的不仅是力量型，同时还是表现型。男人都在展示着自己的力量，女人都是展示着自己的美，这是多么自信的时代！

陕西人习武健身的习惯可从一组狩猎骑马俑看到，陕西人的幽默、诙谐可追寻到另一组说唱俑。从那众多的昆仑俑、骑马胡人俑、骑卧驼胡人俑、牵马胡人俑，你就能感受到陕西人的开放、大度、乐于接受外来文化了。而一组塑造在骆驼背上的七位乐手和引吭高歌的女子，使我们明白了陕西的民歌戏曲红遍全国的根本所在。

秦过去了，汉过去了，唐也过去了，国都东迁北移与陕西远去，一个政治经济文化的中心日渐消亡，这成了陕西人最大的不幸。宋代的捧物女绮俑从安康的白家梁出土，她们文雅清瘦，穿着“背子”。还有“三搭头”的男俑。宋代再也没有豪华和自信了，而到了明朝，陶俑虽然一次可以出土三百余件，仪仗和执事队场面壮观，但其精气神已经殆失，使人看到了那一份顺服与无奈。

每每浏览陕西历史博物馆的陶俑，陕西先人也一代一代走过，各个时期的审美时尚不同，意识形态多异，陕西人的形貌和秉性也在复复杂杂中呈现和完成。俑的发生、发展至衰落，是陕西人的幸与不幸，也是两千多年的中国历史的幸与不幸。

陕西作为中国历史的缩影，陕西人也最能代表中国人。二十世纪之末，中国实行改革开放政策，地处西北的陕西是比沿海一带落后了许多，经济的落后导致了外地人对陕西人的歧视，我们实在是需要清点我们的来龙去脉，我们有什么，我们缺什么，经济的发展文化的进步，最根本的并不是地理环境而是人呀，陕西的先人是龙种，龙种的后代绝不会就是跳蚤。当许许多多的外地朋友来到陕西，我最乐意的是领他们去参观秦兵马俑，去参观汉茂陵石刻，去参观唐壁画，我说："中国的历史上秦汉唐为什么强盛，那是因为建都在陕西，陕西人在支撑啊，宋元明清国力衰退，那罪不在陕西人而陕西人却受其害呀。"外地朋友说我言之有理，却不满我说话时那一份红脖子涨脸：瞧你这尊容，倒又是个活秦兵马俑了！

残佛

去泾河里捡玩石，原本是懒散行为，却捡着了一尊佛，一下子庄严得不得了。

那时看天，天上是有一朵祥云，方圆数里唯有的那棵树上，安静地歇栖着一只鹰，然后起飞，不知去处。佛是灰颜色的沙质石头所刻，底座两层，中间镂空，上有莲花台。雕刻的精致依稀可见，只是已经没了棱角。

这是佛要痛哭的，但佛不痛哭，佛没有了头，也没有了腹，莲台仅存盘起来的一只左脚和一只搭在脚上的右手。那一刻，陈旧的机器在轰隆隆作响，石料场上的传送带将石头传送到粉碎机前，突然这佛石就出现了。佛石并不是金光四射，它被泥沙裹着，依样丑陋，这如同任何伟人独身于闹市里立即就被淹没一样，但这一块石头样子毕竟特别，忍不住抢救下来，佛就如此这般地降临了。

我不敢说是我救佛，佛是需要我救的吗？我把佛石清洗干净，抱回来放在家中供奉，着实在一整天里哀叹它的苦难，但第二天就觉悟了，是佛故意经过了传送带，站在了粉碎机的进口，考验我的感觉。我庆幸我的感觉没有迟钝，自信良善未泯，勇气还在。此后日日为它焚香，敬它，也敬了自己。

或说，佛是完美的，此佛残成这样，还算佛吗？人如果没头身，残骸是可恶的，佛残缺了却依样美丽。我看着它的时候，香火袅袅，那头和身似乎在烟雾中幻化而去，而端庄和善的面容就在空中，那低垂的微微含笑的目光在注视着我。“佛，”我说，“佛的手也是佛，佛的脚也是佛。”光明的玻璃粉碎了还是光明的。瞧这一手一脚呀，放在那里是多么安详！

或说，佛毕竟是人心造的佛，更何况这尊佛仅是一块石头。是石头，并不坚硬的沙质石头，但心想事便可成，刻佛的人在刻佛的那一刻就注入了虔诚，而被供奉在庙堂里度众生又赋予了意念，这石头就成了佛。钞票不也仅仅是一张纸吗？但钞票在流通中却威力无穷，可以买来整庄的土地，买来一座城，买来人的尊严和生命。

或说，那么，既然是佛，佛法无边，为什么会在泾河里冲撞滚磨？对了，是在那一个夏天，山洪暴发，冲毁了佛庙，石佛同庙宇的砖瓦、石条、木柱一齐落入河中，砖瓦、石条、木柱都在滚磨中碎为细沙了而石佛却留了下来，正因为它是佛！请注意，泾河的泾字，应该是经，佛并不是难以逃过大难，佛是要经河来寻找它应到的地位，这就是它要寻到我这里来。古老的泾河有过柳毅传书的传说，佛却亲自经河，洛河上的甄氏成神，缥缈一去成云成烟，这佛虽残却又实实在在来我的书屋，我该呼它是泾佛了。

我敬奉着这一手一脚的泾佛。

许多人得知我得了一尊泾佛，瞧着皆说古，一定有灵验，便纷纷焚香磕头，祈祷泾佛保佑他发财，赐他以高官，赐他以儿孙，他们生活中缺什么就祈祷什么，甚至那个姓王的邻居在打麻将前也来祈祷自己的手气。我终于明白，泾佛之所以没有了头没有了身，全是被那些虔诚的芸芸众生乞了去的，芸芸众生的最虔诚其实是最自私。佛难道不明白这些人的自私吗？佛一定是知道的，但佛就这么对待着人的自私，它只能牺牲自己而面对着自私的人，这个世界就是如此啊。

我把泾佛供奉在书屋，每日烧香，我厌烦人的可怜和可耻，我并不许愿。

“不，”昨夜里我在梦中，佛却在说，“那我就不是佛了！”

今早起来，我终于插上香后，下跪作拜，我说，佛，那我就许愿吧，既然佛作为佛拥有佛的美丽和牺牲，就保佑我灵魂安妥和身躯安宁，作为人活在世上就好好享受人生的一切欢乐和一切痛苦烦恼吧。

人都是忙的，我比别人会更忙，有佛亲近，我想以后我不会怯弱，也不再逃避，美丽地做我的工作。

二胡

越是到了空旷地方，天地似乎有剥离不开的混沌，我越是感受了人的英雄。八月那日去××，携得两狐——一张银狐的皮，一张白狐的皮——回来，一路急行，瘦马快刀地穿过×××峡谷，沿××××草原又是半晌，一道河就从日落处流下来了。雕鹫啸啸，水色如铜呵！翻身下马，从怀里掏出馕"日"地扔到上游，宽衣洗脸；才洗罢，馕已顺流到了跟前，捞起来，分明是软和了；咬一口馕，喝一口水，是将单手掬了水，高扬着，从手腕的窝槽处喝。我便忽然唤起二狐，一个是冰妃，一个是雪姬了！

我无意真要做皇帝，但真愿把二狐，不，二胡，当作美女善待呢。西域有慕士塔格峰，世称冰山之父；有卡拉库里湖，二胡就出生在那里。那样的环境，只能以狐的形象生存啊。灵魂与躯体原本就是两回事，圣洁的灵魂或许寄存于非人的躯体，人的躯体或许寄存的是野蛮灵魂。我之所以称二狐是美女，也是它们死亡了狐的生命来与我相见的——

那时候，它们却并不相识，村镇集市上，冰妃是在北口的葡萄架上挂着，雪姬又在东南角的一家帐篷货店里，这中间是一排一溜的木板搭成的货摊，咕咕涌涌堆集着地毯、毛线团、花帽、纱巾和各式各样的刀具和巴达木。强烈的阳光，奇异的色彩，热腾腾的膻味，我们满头大汗地在那里拥挤，一抬头，我瞧见葡萄架下的冰妃了！相见是那样的骤然，我几乎不敢相信这是现实。那是悬挂着的七八张狐皮，但冰妃脱颖而出，雪白的绒上一层蓝灰的毛，其实并不是蓝灰的毛；白绒的毛尖上一点点的蓝灰，这就如雪地上均匀而稀落的狗尾子干草，立即使其成白纯若冰色的晶莹。它小小的脸，长目尖嘴，尾大如帚。我近前将冰妃卸下来揽在怀里，不忍心这么被吊在那里，即使被吊着在展示一种美丽，我也不情愿美丽泛滥给每一个集市上的人。我说：这狐我要买了！似乎这话是对银狐说的，是信誓旦旦的承诺。同伴忙制止我，悄声说，你这么个急切劲，卖主就会漫天要价的，越是想买，越是装作可买可不买的样子最好。进疆以来，我一直听同伴安排的，他的话或许正确，我将冰妃重新挂在了架上，但我却再不愿离开那里。年前，我居住的古城剿灭无证养狗，城南的广场上枪杀了上百条，轮到了一条栗色的，美丽非凡，竟使所有执法者都慈悲起来，不约而同地决定放生，就让一个郊区的农民牵走了。一百条狗中幸存下一条，这狗一定是什么神灵或魔鬼变的。我四处打问那个收留狗的郊区的农民，但终无音讯。如今我立在葡萄架下，在斑斑驳驳的阴影里，我与冰妃对视传情，那俊俏的脸有突然吃惊的神色，没有妖气而显一派幼稚和纯真。同伴在呼喊着谁是卖主，大胡子的卖主却去做祈祷了。在远处的砖台前的太阳白光下，他和七八个人垂头在念叨着什么，一会儿匍匐在地，一会儿又站——好久好久的时间了，才走过来，与同伴在说维语。双方似乎都说得不高兴起来，同伴过来拉了我就走，我不想离开，但我还是被强行拖走了。在拐弯处，同伴说人家要一千五，他给八百，无法成交，咱们去别处看看，说不定会有比这张更好的狐皮的。我们就往集市的南头走，又往东走和西走，果然就在东南角的一家帐篷里遇见雪姬了。雪姬也是极美艳的尤物，通体雪白，没一点儿杂色，我感觉这一定是冰妃的姊妹。年轻的卖主很随和，他开价是一千二，我们压价到八百，终以九百元买下，皆大欢喜。我把雪姬盘作一盘抱在怀里，我的口对着它的口，我意识到我是吃过蒜的，便偏过头去。依然要经过北口，偏要给冰妃的卖主瞧瞧。卖主说：多少钱呀？同伴说：同你的那条一个样吧，八百元！卖主并不生气，说，一样？你比比吧！把冰妃从架上取下来两狐就在这一时间认识了。它们真是姊妹的缘分，长短不差，粗细难分，但一个呈雪色，一个则是青白，冰妃果然是比雪姬颜色要好的。这不免有些尴尬，似乎对不住了冰妃。但已经买了雪姬，就不能生出嫌弃心，我们就往外走，但我却一步一回头地看冰妃，甚至感到它在葡萄架下哭泣。太阳斜在了头后，自己踩着自己的影子，我真恨我：雪姬和冰妃都是在这里的，难道这姊妹就从此分离吗？为一千元就可以失去它吗？如此纯美的尤物，竟要因一千元而失却恻隐心，让它孤零零悬挂在人市上吗？我终于停下步，说："我还要买它！"同伴吃惊地说："还要买？！"我说："买！"语气坚决。我们就又返回来，再次交涉，以一千元得到了冰妃。我递过钱了，卖主把冰妃从葡萄架上卸下来，我先拎着它的脖子，又托在膊弯，一下一下抚摩茸茸的毛，一举一动非常稳实，夏末的阳光与树上的蝉声有着一种远意。

狐易于成妖，一般人都这么认为，当二狐随我来到西安，安置在床头的衣架上，朋友们皆惊羡着它们的美丽，却对于藏之卧室有恨恨声。人际间的怀疑、猜忌、争斗太多了，怎么看狐也是这般目光？它们姊妹是从西域来的，西域有佛，玄奘也去那里取经的；即使它们无佛意，一身的野性和率真，在这卑微而琐碎的都市里自有风流骚韵。我从此改它们姓为胡，二胡，依然称作妃与姬的，尊其高贵。每天的每天，我瞧着它们入睡，天明睁开第一眼就又看见了它们，心里充满无比的安定。就在这一个夜里，读罢了《西游记》，可笑了一回猪八戒，时时想回高老庄，便去弹起古琴，琴弦嘣地断了；又去弹琵琶，琵琶也是断了弦，就知道有了知己。

风筝

初春，天还森冷森冷的，大人们都干着他们的事了；我们这些孩子，积了一个冬天烦闷，就寻思着我们的快乐，去做风筝了。

在芦塘里找到了几根细苇，偷偷地再撕了作业本儿，我们便做起来了。做一个蝴蝶样儿的吧，做一个白鹤样儿的吧；我们精心地做着，把春天的憧憬和希望，都做进去；然而，做起来了，却是个什么样儿都不是的样子了。但我们依然快活，便叫它是“幸福鸟”，还把我们的名字都写在了上边。

终于拣下个晴日子，我们便把它放起来：一个人先用手托着，一个人就牵了线儿，站在远远的地方；说声“放”，那线儿便一紧一松，眼见得凌空起去，渐渐树梢高了；牵线人立即跑起来，极快极快地。风筝愈飞得高了，悠悠然，在高空处翩翩着，我们都快活了，大叫着，在田野拼命地追，奔跑。

满村的人差不多都看见了，说：

“哈，放得这么高！叫什么名呀？”

“‘幸福鸟’！”

“幸福鸟？啊，多幸福的鸟！”

“那是我们的呢！”

我们大声地宣告，跑得更欢了，似乎是一群麝，为自己的香气而发狂了呢。

玩过了一个早晨，又玩过了一个中午，到下午，我们还是歇不下来，放着风筝在田野里奔跑。风筝越飞越高，目标似乎就在那朵云彩上，忽然有了一阵小风，线儿嘣地断了。看那风筝，在空中抖动了一下，随即便更快地飞去了。我们都大惊失色起来，千呼万唤地，但那风筝只是飞去，愈远愈高，愈高愈小，倏忽间，便没了踪影。没有太阳的冷昏的天上，只留下一个漠漠的空白。

我们都哭起来了，向着大人们诉苦，他们却说：“飞就飞了，哭什么呀！”

我们却不甘心，又在田野里寻找起来：或许它是从天上掉下来了，掉在一块麦田的垄沟里呢？还是在一棵杨树的枝梢，在一道水渠的泥里呢？可是，我们差不多寻了半个下午了，还是没个踪影。我正歪着身子瘫在那里怄气，一抬头，看见远远的河边有一座小小的房子，房下的水面上半沉半浮着一个巨大的木轮，不停地转着，将水扬起来，半圈儿水的白光。

“那里找过了吗？”

那里是我们村的水磨坊。从我们记事的时候，那里就有这座小房，那里就有个看管磨坊的女人。据说，她原是城里人，是个“右派”，下放到这里来的；如今房子依然老样，水轮天天转动，她却是很老很老的了。我们平日从不去那里玩耍，只是家里米面吃完了，父母说：“该去磨些粮食了。”我们才会想起这么个小房子，想起这个小房子里的老女人。

“没去过的，说不定‘幸福鸟’落在那里呢。”大家说。

我们向那房子走去，这房子果然很小，很矮；屋檐下，墙壁上，到处挂着面粉的白絮儿，似乎这里永远是冬天呢。有一家人正在那里磨面，粉面儿迷蒙，雷一样的石磨声使人耳聋。我们推开东边那个小门，这是那老女人的住处：一个偌大的土炕，炕上一堆儿各色布头；一盆旺火在脚底烧着，暖融融的；窗台上一盆什么花草儿，出奇地竟开了三朵四朵白花。“婶婶！”我们叫着。没人回答，却分明地听见了屋后什么地方，有嚓嚓的声音。我们走出来，转到屋后，那老女人正弯身站在河边的一个水洼里，努力地用石头砸着洼里的冰。冰是青青的，裂开无数的白缝。她开始用手去扳冰块，嘴里吸溜吸溜着；一抬头看见了我们，说：“这洼水冻严了，一条鱼儿冻住了！”

我们果然看见那大冰块里，有一条小鱼，被直直地封在里边，像是块玻璃雕刻的鱼纹工艺品。我们动手去扳，老女人却千叮咛万叮咛着小心；一直到我们把鱼放进河水里，才笑了。

“那鱼还能活吗？”我们说。

“或许能活呢，孩子；河水是热的，冰块会融化的。”

“鱼儿游来的时候，它是一洼水吧，或许它正快活地游过时忽然就被冻住了呢！”

噢，我们可怜可悲起这小鱼儿了：为什么要到这洼水里游呢？这可恶的水，为什么就要变成冰呢？！

“婶婶，你见着我们的‘幸福鸟’了吗？”我们终于问她。

“幸福鸟？”

“是的，我们的风筝。”

“啊，多好的名字！是到我这儿来了吗？”她说，显得很高兴。“是的，你一定看见了。”她却摊摊手，说是没有：“是不是在这房上呢？”我们急急找起来，可是没有。又在河边找了，也没有。我们都心凉下来，待在那里，互相看着，差不多又要哭了。

“‘幸福鸟’呢？我们的‘幸福鸟’呢？”

难道一个冬天的烦闷还要继续下去吗？辛辛苦苦地忙活了几天几夜，我们的乐趣就这么快地结束了吗？

我们终于哭起来了。

“不要哭，孩子！哭什么呢？你们瞧，那冰冻的鱼儿已经到了深水里，很快就会游起来呢。”老女人一直站在河边，风吹着她的头发，头发上落着厚厚的面粉，灰蒙蒙的，像落上了霜的茅草。

“可我们的‘幸福鸟’呢？”

她那么笑笑地走过来，拍着我们的头，说：“它是飞走了，就让它飞走吧。”

大人们总要这么说……我们再不理她了，只是哭着，想着：“幸福鸟”该在哪儿呢？那几根细苇，我们去折它的时候，是踏着塘里的薄冰去的，是那么晶莹，那么有趣，可骤然间在脚下铮铮地裂开了，险些掉进水去……可是，“幸福鸟”，却倏忽间飞去了。

“回屋去吧，孩子们，屋里有火呢。”老女人说。我们都没有动；她拉，谁也不去。“你不懂！”我们说，“‘幸福鸟’飞走了，我们是多么伤心，你知道它给了我们多少快乐！它为什么给了我们快乐，又要把快乐收去呢？”

老女人冷丁站在那里，不再言语了，似乎也像那冰冻了的鱼儿一样，只是冻住她的不是水，而是身后的灰色的天幕。

她突然说："唉，孩子，我怎么不理解你们呢？你们是不幸的；不幸的人谁不是最懂得、最爱慕快乐的啊？！"

老女人的话，使我们都吃惊了：她原来是理解我们的，她是不同于那些大人们的呢。"孩子，不要难过，快进屋去吧。"我们进屋去了，就坐在火盆边儿，将冻得红红的手凑近去烤着。

"婶婶，'幸福鸟'是走了，可它去哪儿了呢？"

"地上找不着，那就在天上吧。"

"天上什么地方？"

"什么地方它都可以去。"

"那，天是什么呢？"

"天是白的；那是它该去的地方。"

"白的？！那它不寂寞吗？"

"白的地方都不寂寞。"她说，"你瞧见那水轮下的水了吗？它是白的，因为流着叫着，它才白哩。石磨因为呼呼噜噜地响着转着，磨出的面粉才是白的哩。还有，瞧见那盆花了吗？它是开着的放着的，它也才白了呢。"

我们都觉得神奇了，似乎是听明白了，又似乎听得不明白；但心里稍稍有些慰藉了：啊，"幸福鸟"在天上，天上那么白，它是不会寂寞的，那真是它该去的地方。

我们看着老女人一头一身的面粉，突然说道：“你也是白的呢。”

“是吗？”她笑了。

“可你……你就一个人吗？就总是一个人在这小屋里吗？你不寂寞吗？”

“我这里有水声，有石磨声，有鱼，有花，有你们来；你们说呢？”

“你也是不寂寞的！”

“你们这些乖孩子哟！”

她于是从炕角的口袋里抓出大把的黄豆来，在火盆里爆了，分给我们，我们吃得很香，一直待到天快要黑了，才想到要回家去。

田野上，风还在溜溜地吹，几棵柿树，叶子早落了，裸露着一树的黑枝，像是无数伸抓什么的手。这柿树，也在索要着失去的什么吗？

回头看看那水磨坊，老女人还站在那里看着我们，我们突然都这么想：

今天夜里，“幸福鸟”是住在哪一朵云上呢？那里是不寂寞的，是快乐的，它应该飞去啊！

它飞去了，带着我们的名字，我们在那个白的天上，一定也是快乐的了。

可是，我们都盼望“幸福鸟”有一天能再飞回来，让我们在它上面再写上这水磨坊老女人的名字呢。

茶杯

我戒酒后，嗜茶，多置茶具，先是用一大口粗碗，碗沿割嘴，又换成宜兴小壶，隔夜茶味不馊，且壶嘴小巧，噙吮有爱情感。用过三月，缺点是透壶不能瞧见颜色，揭盖儿也只看着是白水一般，使那些款爷们来家了，并不知道我现在饮的是龙井珍品！便再换一玻璃杯，法兰西的，样子简约大方，泡了碧螺春，看薄雾绿痕，叶子发展，活活如枝头再生。便写条幅挂在墙上：无事乱翻书，有茶清待客。人便传我家有好茶，一传二,二传三，三传无数，每日来家饮茶人多，我纵然有几个稿酬，哪里又能这么贡献？藏在冰箱中的上等茶日日减少了。还有甚者，我写作时，烟是一根一根抽，茶要一杯一杯饮的，烟可以不影响思绪在烟包去摸，茶杯却得放下笔去加水，许多好句就因此被断了。于是想改换大点儿的茶杯，去街上数家瓷店，杯子都是小，甚至越来越到沙果般小。店主说，现在富贵闲人多，饮茶讲究品的。我无富贵，更无有闲，写作时吸烟如吸氧，饮茶也如钻井要注水一样，是身体与精神都需要的事，品能品出文章来？

十月十五日，本单位的宋老兄说过要请吃的，割八斤羊肉，红焖一顿，但却迟迟没动静。去穆老弟处打问，却见他桌上有一杯，高有六寸，粗到双掌张开方能围拢，还有个盖儿，通体白色，着青色山水楼阁人物图，古也不古，形状极其厚朴，顿生掠夺之心。问是哪儿买的，不嗜茶的人却用这等杯子？穆老弟口吻严重，说是专制的，无处可买，又说：你想要了，可以给你，得写一幅字交易。我惜我书法，素不轻易送人，说：一个杯子一千元呀？！却还是当下写就，清洗了杯子携回。

从此饮茶用此杯，日晚不离案头。此杯之好，泡茶能观茶形水色，又不让谋我茶的人从外看见，仅我独享，抓盖顶疙瘩，椭圆洁腻，如温雪，如触人乳头。最合意的是它憨拙，搂在手中，或放在桌上，侧面看去，杯把儿做人耳，杯子就若人头，感觉是与可交之人相交。写作时不停地饮，视那里盛了万斛，也能饮得我满腹的文章。

我常想，世上能用此等大杯饮茶的，一是长途汽车的司机，二就是我了，都是靠苦力吃饭的人。但司机多用罐头瓶、咖啡瓶当壶，我却是青花白瓷杯，这便是写作人仅有的一点清高吧？李白有过一句：唯有饮者留其名。如果饮者不仅指饮酒，也该有饮茶，那我就属饮者之列了。今冬里，家有来客见我皆笑，说是个头小茶杯大，我笑而不答，但得大杯之趣了，是不与他人传授的。